人文情報学読本

―胎動期編―

Digital Humanities Reader
―The Quickening Period―

鶴見大学准教授
大矢一志

目次

1　はじめに

この小冊子は、２０１１年に刊行した『人文情報学への招待』に続くシリーズとして、人文情報学を学ぶ際に必要となる基本文献を解説します。『人文情報学への招待』では人文情報学の歴史を簡単に紹介したものの、歴史を証言する基本文献は限られたものしか触れていません。その理由は、学習書にはしたくなかったという意図に加えて、それらの基本文献は日本で読むことが難しいという事情がありました。基本文献を紹介してもそれを読む機会がなければ、エサを持たずにエサをあげるそぶりをしているようなもので、そうすることには気が引けたのです。そこで、この小冊子では人文情報学を学ぶ際に読むことになる基本文献を講義のように解説し、できるだけ原文を引用として載せることにしました。いわば紙上講読のようなものを目指しています。この小冊子に載せた原文を読むことで、オリジナルの資料を読んだ代わりとなる価値を提供しようと考えています。当初は、海外の大学でよくみかける、重要論文のコピー集のようなものを作るつもりでいましたが、版権処理の煩わしさを考えると、そのような理想型を目指すよりも、わたくしには負担をかけず、みなさんには実質の価値を提供できる講読形式を採用して、部分的な引用を多く取り込んだ資料を作ることにしました。小冊子という制約はあるものの、できる限り原文を掲載してゆきたいと考えています。

人文情報学とは

この小冊子で紹介する人文情報学という研究分野について確認します。これは英語でDigital Humanities（DH）と表現されている研究分野で、日本では人文情報学、デジタル人文学またはデジタルヒューマニティーズと訳されています。本稿では「人文情報学」をこのDigital Humanitiesを示す言葉として使うことにします。[*1]

人文情報学の詳しい解説は『人文情報学への招待』に譲るとして、これを簡単に言えば、人文学研究に計算機を導入する試みのことです。但し、どのように計算機を導入するかについては、様々な意見があり、実は、今でもこの論議は続いています。もしかすると人文情報学の歴史の中でも、一番激しく論議されている状況にあるかもしれません。この背景には、少なくとも2つの事情があります。

ひとつは、計算機の利用が生活の隅々まで浸透し、わたくしたちは計算機がもたらす環境の変化にあらゆる面で対応するよう迫られていることがあります。例えば、チケットを買うにしても、ネットを使わないと不便です。大都市で生活していると交通機関の事故によく遭遇しますが、そのような事態に陥ったとき、交通機関の職員に尋ねることがほぼ不可能なため、ネット環境から情報を得ないと何もできません。わたくしたちは、ネットなしにはそれなりの質を伴う生活を送ることはもはや困難です。このような世の中で生きるための知識として、計算機の仕組みを義務教育の中で教える動きがあります。例えば、アメリカでは学生全員にプログラミングを学ばせようという主張があります。[*2] 全ての人にとって計算機の知識が必須となるとき、人文学の研究者にとってもそれが当然の知識になれば、自然と自らの研究活動で計算機を使うようになります。以前の人文情報学は、新しい研究分野を開拓しようとする研究者の集まりで、従って計算機を使う目的を明確にもった研究者が計算機を使っていました。ところが、日常生活の延長で計算機を使う研究者が増えてくると、計算機を使う目的は後で見つけるという研究姿勢に変化してゆきます。これがひとつめの事情です。

ふたつめは、計算機科学(Computer Science)の成果が、ここ10年の間にパラダイムシフトと呼べるような目覚ましい進歩を遂げた結果、今までは計算機に求められなかった、諦めていたものができるようになったことがあります。具体的には、Googleがもたらした、超大量のデータ(Big Data)を利用した機械学習の新しい手法(Deep Learning)と、新しい人工知能(Artificial Intelligence; AI)の誕生によって、長い間計算機科学者が夢見ていた未来世界の扉が開かれたことです。これにより、人の知識の集大成である人文資料を扱っていた人文情報学においても、それまでの研究手法を抜本的に見直す必要に迫られています。

このような事情から、現在、人文情報学は自らの存在意義を問いかけています。この様子は、

＊1　訳語の混乱を避けるためには「デジタルヒューマニティーズ」を使うことが順当な選択です。本書では前著との連続性を保ちたいことから「人文情報学」と倣うことにします。
＊2　https://www.whitehouse.gov/blog/2016/01/30/computer-science-all

2013年以降、定義を扱う書籍が数多く出版されていることからもうかがい知ることができます。[*3] 実は、この小冊子はこれら2つの事情に対処するための資料としても作られています。研究の黎明期に研究者がどのような理想を掲げていたのかを知ることで、わたくしたちが現在直面している課題を考える際のヒントとするのです。

人文情報学の胎動期

この小冊子では、人文情報学の歴史を大きく胎動期、基礎確立期、攪拌期の3期に分けたときの、胎動期(1951—1971年)に出版された基本文献を紹介します。この時期は、ちょうど計算機が誕生してから急速に技術発展を遂げた時代と重なります。実のところは、計算機の急激な進化と共に、その応用範囲として人文学が想定されてきたとするのが正しい表現です。胎動期の人文情報学を知るには、同時期に計算機がどのような誕生の経緯を辿ってきたのかを知ることが必要です。人文情報学の胎動期に計算機科学者がどのような可能性を計算機に見いだしていたのかを知ることで、わたくしたちは人文情報学の素朴で純粋な可能性を理解することができます。歴史からこのような可能性を学ぶ重要性は、以前よりも現在の方が増しているかもしれません。例えば、いまから20年前の人工知能の研究を見てみると、近年発表されている成果が現実になろうとは、とても想像できないでいた雰囲気があったことがわかります。1990年代の計算機科学者は、現実にある問題の大きさを前に、純粋に可能性を夢見ることができなくなっていました。技術的な閉塞感が未来への見通しを持てなくさせていた事態は、いまの人文情報学が置かれている状況とよく似ています。ところが、１９５０年代当時の計算機科学者は純粋に計算機の未来像を思い描いていました。そして、当時語られていたことが、いま現実のものとなっています。すると同じように、人文情報学の胎動期の研究者が純粋に描いていた未来は、いまのわたくしたちにとって問題解決の貴重なヒントになるかもしれません。また、計算機の基礎理論を築き、技術を開発してきた偉大な先駆者が描いた未来も、人文情報学の未来を考える際のヒントになるかもしれません。この小冊子は、胎動期の人文情報学の基本文献からその様子を知ることに加えて、計算機科学者が考えていた未来像も合わせて紹介し、これからの人文情報学研究の方向性を探る参考資料になることを目指しています。

＊3　例えば、M.Terras et.al. eds.（2013）*Defining Digital Humanities: A Reader*, Ashgate Publishing Limited などがあります。

2　人文情報学の歴史

人文情報学の歴史は、1951年にイタリアのロベルト・ブサ（Roberto Busa）神父がコンコーダンスを作成したことから始まり、その後の歴史は胎動期、基礎確立期、そして現在まで続く撹拌期の3期に分けられます。

1951年から1971年までの胎動期に人文情報学は誕生し、学問領域としての形を作ります。この時期に計算機は急速に技術開発が進み、その結果として模索された計算機の応用分野のひとつを人文情報学の源流と見ることもできます。胎動期に、人文資料は計算機に入力され、そこから言語資料を作る試みが始まりました。このときに作られた電子資料はコンコーダンスです。また1950年代後半からは、電子化の対象が広がり、次第にコーパスが作られてゆきます。そしてちょうどこの時期、計算機は技術的にひとつの完成形に到達します。その安定して動き出した計算機に人々は大きな期待を抱くようになり、計算機で知識を扱うことを夢見ます。人工知能の可能性です。胎動期は、人文学者が計算機と出会い、計算機科学者と共に計算機による知識処理を純粋に夢見ていた時代でした。

胎動期を1971年までとしたのは、この年に *The Computer in Literary and Linguistic Research* [*4] という会議集が発行されたからです。この会議集では、人文情報学の研究分野を、いわゆるテキスト中心主義ともいえる人文学資料を対象にした研究と位置づけています。現在では芸術に関する資料も人文情報学の研究対象とされていますから、テキストのみを主たる研究対象とすることには違和感を感じるかもしれません。しかし史実として、胎動期に続く基礎確立期で開発された技術はテキストに関するものでした。例えば、みなさんが普段見ているｗｅｂページを作るマークアップ技術は人文情報学で研究されてきたものです。マークアップ言語は、今ではインターネットを支える重要な技術（要素技術）として世の中で使われています。ＨＴＭＬ５というマークアップ言語でも採用されている「文書構造」という考え方も人文情報学の研究成果のひとつです。このような歴史を知ると、人文情報学がテキストを中心とした人文資料を研究対象とし、その枠組みが１９７１年の会議集で明示されていたことが分かります。

基礎確立期はさらに、インターネットの普及を境に前期と後期に分けられます。前期には、計算機の小型化が進み、多くの大学で利用され、さらにパーソナルコンピュータの誕生以降は、多くの研究者個人が計算機を使い始め、一気に人文情報学は発展してゆきます。そもそも人文学研究は、科学や工学とは異なり、個人を中心とした研究です。そのような研究スタイルに入り込む性能や環境を計算機はようやくこの時代に備えました。前期の特徴は、技術開発に加えて、多くの人文資料が電子化されたことがあります。当時は、現在あるようなブラウザーは存在しないものの、リンクを備えたいわゆるハイパーテキストの概念はすでにありました。ハイパーリンクを実

＊4　152頁で紹介しています。

現するソフトも開発され、それを使った電子資料が数多く作られます。また作られた電子資料の相互利用の試みもこの時期に始まります。電子資料を共有するための技術が検討され、これらの活動はＴＥＩ（Text Encoding Initiative）という国際的な団体に集約されてゆきます。ＴＥＩは現在でも電子化の指標となっているＴＥＩガイドラインを作り上げてゆきます。このガイドラインを元にこれまで多くの国際規格が作られてきました。前期は、人文情報学のひとつの頂点ともいえる時期です。

基礎確立期の後期は、インターネットの利用が一般的になった時期から２００４年までを想定しています。インターネットは、情報に関するあらゆる側面を根本的に変えてしまいました。人文資料もその例外ではありません。とりわけ、電子化された人文学資料は大きな影響を受けました。実は、前期から後期への転換期は、人文情報学にとっては悲劇の時期でもあります。前期に作られた貴重な電子資料が、事実上、消えてしまったのです。正確に言えば、データの互換性の問題から、作られた電子資料が使えなくなってしまいました。[*5] 当時の電子資料は人文情報学研究を知る上で不可欠の資料です。基礎確立期の基本文献をこの小冊子では扱いませんが、人文情報学を学ぶ方はぜひ調べてみてください。[*6] わたくしの個人的な感覚では、この悲劇が残したトラウマから回復するには、次の攪拌期まで待たなければなりませんでした。

この基礎確立期の終わりを２００４年とした理由は、この年に *A Companion to Digital Humanieis*[*7] が発行されたからです。この便覧は、基礎確立期に形成された人文情報学の各研究分野を網羅的にまとめて解説しています。この便覧のおかげで、実体が掴みづらいとされていた人文情報学の活動の様子を簡単に知ることができるようになり、多くの研究者が人文情報学に参加するようになりました。現在でも世界中の大学でこの便覧が人文情報学の教科書として使われています。[*8]

そして、この便覧が出版されてから現在までが攪拌期になります。先に紹介したよう、2つの事情から今では人文情報学そのものの定義が曖昧になってきています。混乱の時代といってもよいでしょう。「知識」や「知能」とは何なのか、計算機がわたくしたち人間に答えを出すよう問いかけています。人とは何かを問い求めてきた人文学の研究者は、これに応える必要があり、そして計算機との関係を模索してきた人文情報学に携わる研究者は、その最前線に立たされているのです。

＊5　インターネットの時代では情報の共有が容易になった結果、それ以前の技術には役に立たないというレッテルが与えられ、それらの技術を元に作られた電子資料は保守の対象から外されてしまい、結果としてデータが利用できなくなりました。また、インターネットの技術ではデータ共有が容易すぎて、財産権の保護とは相性が良くなかったことも、電子資料が新しい技術で再生されなかった理由のひとつです。

＊6　胎動期の資料は日本での閲覧が難しいだけで、海外の図書館を訪問すれば容易に読むことができます。しかし、これら基礎確立期に作られた電子資料は、訪問するだけでは問題は解決しません。貸し出し対象となっているのか、再生環境は用意されているのか、持ち込み機器での再生が認められるのかなどを解決してゆく必要があります。また複写が難しいという問題もあります。

＊7　S.Schreibman, R.Siemens, and J.Unsworth eds.（2004）Blackwell Publishing

＊8　2016年に改訂版 *A new Companion to Digital Humanities* が同じ編者で Wiley Blackwell 社から刊行されました。ページ数を抑える苦労が各所にありますが、参考文献の一覧は手を抜いていません。新しい教科書として素晴らしい内容になっています。

３ 人文情報学のはじまり（１９５１年）

ロベルト・ブサ(1913-2011)は、人文情報学（Digital Humanities）の始祖として位置づけられている人物で、その名誉を記録するために、毎年開催される国際会議 Digital Humanities では彼の名前を冠した「ブサ賞」を用意し、人文情報学で活躍した人物を表彰しています。ブサは、計算機がまだ市販されていない１９４９年に、それを開発していたＩＢＭ社に計算機を貸して欲しいと申し出ます。当時の計算機は、戦後の新しい世界を象徴する時代の寵児として扱われてました（図１）。ブサも当時の多くの人々と同様に、計算機の可能性を感じ取っていたと考えられます。但し、ブサが住んでいたイタリアと、計算機を発展させていたアメリカでは、社会の雰囲気は大きく違っていたと思われます。

Electronic Computer Figures Like a Flash

Continued From Page 1

which they will witness the Eniac in action at the Moore School of Electrical Engineering, where it was built with the assistance of the Army Ordnance Department.

The Eniac was invented and perfected by two young scientists of the school, Dr. John William Mauchly, 38, a physicist and amateur meteorologist, and his associate, J. Presper Eckert Jr., 26, chief engineer of the project. Assistance also was given by many others at the school.

Army ordnance men had been on the lookout for a machine with which to prepare a large volume of ballistic data, which in turn was needed to break a threatened bottleneck in the production of firing and bombing tables for new offensive weapons going overseas. Without the tables the guns could not be used effectively.

Project Took Thirty Months

Capt. H. H. Goldstine, Army ordnahce mathematician, then at the school, heard of Dr. Mauchly's ideas, told Col. Paul N. Gillon of the Aberdeen (Md.) Proving Ground, enlisted his enthusiastic support and the project went forward with Government aid. Thirty months to the day later it was finished and operating, doing easily what had been done laboriously by many trained men. The Eniac soon will be permanently installed at Aberdeen.

"A very difficult wartime problem" was sent through its intricate circuits soon after it was completed. The Eniac completed the task in two hours. Had it not been available the job would have kept busy 100 trained men for a whole year. So clever is the device that its creators have given up trying to find problems so long that they cannot be solved.

This resolver of difficult problems is what computing experts call a "digital" counter. Basically, it does nothing more than add, subtract, multiply and divide. It does this by generating very accurately timed electrical impulses at a speed of 100,000 per second, and can do one operation every twentieth pulse, thereby adding, for instance, at the rate of 5,000 per second.

Since all mathematical tasks, no matter how abstruse or involved, can be resolved to basic arithmetic if enough time is available, the Eniac can reverse the process, eliminate time, and arrive at an answer to virtually any problem. So say its inventors.

Machine Has Memory, Too

The machine, however, can do

NEW ALL-ELECTRONIC COMPUTER AND ITS INVENTORS

An overall view of "ENIAC" showing attendants preparing the machine to solve a hydrodynamical problem. In a matter of seconds it does what trained computers hitherto have required weeks to perform. The instrument contains 18,000 vacuum tubes, occupies a room 30 by 60 feet and weighs thirty tons. It took thirty months to build, cost about $400,000 and required 200,000 man-hours of work.

Dr. John W. Mauchly

J. Presper Eckert Jr.

in 1941, hoping he might be able to realize his ambition, to revolutionize the art of dealing with huge numbers in complex form. He believed, for instance, that something could be done about long-range weather predicting.

In the field of peacetime activities Dr. Mauchly foresees not only better weather-predicting—months ahead—but also better airplanes, gas turbines, micro-wave radio tubes, television, prime movers, projectiles operating at supersonic speeds carrying cargoes in peace and even more and better accuracies in studying the movements of the planets.

According to Colonel Goldstine, "mountainous" computational burdens have been carried by scientists in the past, which will be largely removed by electronic computers. He pointed out that the solution of equations of motion has been a hindrance in the past and that studies of shell flight, high-speed planes, rockets and bombs are "a few of the fields that will benefit hugely through electronic computing."

Mr. Eckert predicted an era which, with electronic speeds available, problems that have been thought impossible because they might require a lifetime will be readily resolved for man's use.

"The old era is going, the new

図1　New York Times 1946年2月15日

アメリカは、先進工業国の中で唯一戦火を逃れた土地で、戦後は社会インフラを復興する必要がありませんでした。戦時費の膨大な債務は残ってはいるものの、それを補うに十分なほどの注文が世界中から入り、アメリカは歴史上かつてない好景気の時代を迎えます。一方、戦場となったヨーロッパでは、復興の重荷が社会を苦しめていたはずです。そのようなヨーロッパの状況下で、ブサはアメリカでの計算機の進歩の様子を耳にして、イタリアにあったＩＢＭの支店に計算機の使用を打診することになります。その願いは叶い、ＩＢＭの技術者と共に、世界で初めて、人文学研究で使われる資料を計算機に載せるという、資料の電子化に取りかかります。このときの様子は［Tollenaere 1963］[＊9]、［Busa 1980］[＊10]、［Winter 1991］[＊11]から知ることができます。[＊12]ブサが作り始めたトマス・アキュナスの『神学大全』のコンコーダンスは、ここで紹介する１９５１年に発行された*Sancti Thomae Aquinatis hymnorum ritualium varia specimina concordantiarum ― A First Example of Word Index automatically Compiled and Printed by IBM Punched Card Machines ―*[＊13]（図２）でその成果が発表されました。この文献は、人文情報学の始まりを記録する、そして資料の電子化の様子を報告する重要な資料です。

＊9 F.de Tollenaere (1963) *Nieue wegen in de lexicologie*, N.V.Noord-Hollandsche Uitgevers Maatschappij

＊10 R. Busa (1980) "The Annals of Humanities Computing: The Index Thomisticus", *Computers and the Humanities* Vol.14, North-Holland Publishing Company

＊11 T.H.Winter (1999) "Roberto Busa, S.J., and the Invention of the Machine-Generated Concordance", *Digital Commons*, University of Nebraska - Lincoln

＊12 ［Tollenaere 1963］と［Busa 1980］とでは当時の状況の解説に食い違いがあります。この歴史の検証は専門家に委ねます。

＊13 R.Busa (1951) Bocca

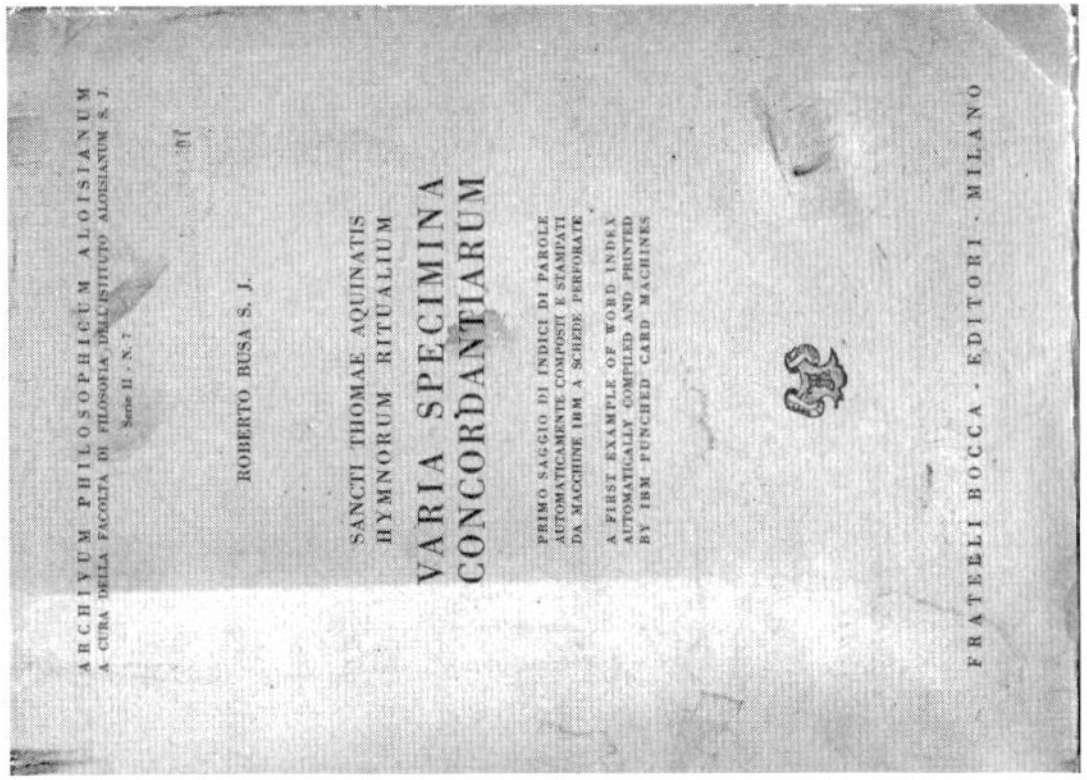

図2　Busa 1951

紙質はあまりよくありません。総数175ページで、49ページ目までは見開き左側(verso)に英語、右側(recto)にイタリア語で散文が載せられています。これ以降のページには、言語に関する統計資料が載せられています。この冊子自体にコンコーダンスは掲載されていません。このような発表形式は、計算機が出現する以前から活動されていた計量言語学という分野では一般的なものでした。[*14]

Despite this, in 1907 Hermann Schöne enumerated already some fifty indexes and lexicons of individual Greek authors; in 1914 Paur Rowald listed 144 for Latin authors, and in 1926 Paul Faider stated that for the latter there were 39 indexes and 20 lexicons composed after 1850 on critical editions.（p.12）

コンコーダンスは計算機が誕生する以前から作られています。但しその作業は"pen and ink（are） the only office machines.（p.10）"という状況でした。作業量は、今では想像することすら難しいほど大変だったようです。どれだけの作業量であったのかの例として、ブサは、*Thesauras Linguae Latinae at Munich Bavaria* では、１０００万のカードが作られた(p.14)と報告しています。従ってこの時代までのコンコーダンスは、網羅的なものではなく、限定した用語を対象に作られていました。しかし、このようなカードを使った手間のかかる資料の整理は遠い昔のことではありません。辞書作りの現場では、現在でもこのような作業が採られています。例文として相応しい良文は、複数のカードに転記され、単語や文法の見出し毎に整理されてゆきます。このようなカード化の作業は、みなさんが図書館を利用して、情報の収集や整理にあたる際にも有効な手順です。[*15] 手書きでカードに本文を写すという作業は、場合によってはもはや必要ないかもしれません。それでも情報を「まとめる」という作業に手間をかけることは、いまでも有用です。まとめるという作業は、目の前にある大量の情報を概観して、記憶し、再構成することです。再構築という作業は、情報のイメージを頭の中に作り上げることです。このイメージ作りには、それなりの時間が必要になります。手作業に似た煩雑さ、もしくは作業を通して作られ

＊14　例えば、１９３２年には Zipf の業績が、１９４４年には Yule の業績などがあります。当時の様子は G.Herdan (1956) *Language as Choice and Chance*, P.Noordhoff から知ることが出来ます。

＊15　図書館にある書籍を使わず、インターネット上にある情報で足りるとする人が増えているようですが、そう考える方は、ぜひ大きな図書館に行ってみてください。ネットにはない情報が、新しいものも含めて沢山そろっています。図書館とインターネットは相補的な関係を保っています。

た時間を使いながら何かしら考えていることが、このイメージ作りに役立つとされています。[*16] その意味では、計算機に任せるべき作業と、煩雑でも人間がやるべき作業を見極めてゆくことが、これからのわたくしたちにとって重要なのかもしれません。[*17]

To organise an unbounded mass of material, in function to definitive services to be rendered to exigent disciplines, requires intelligence, training to foresee and predispose, caution and vigour so as not to let oneself be induced to take those unwise steps, sometimes shortcuts sometimes bypaths, which occasionally end by frustrating years of work;（p.18）

「生の情報源から有用なデータ・情報を得るためには、知恵と訓練と迷わない意気込みが必要である。」

the entire text must be translated into numerical symbols by hand.（p.22）

「コンコーダンスの作成には全てのデータが電子化されていることが必要である。」

計算機でコンコーダンスを作るには、資料の電子化が必要であるとは当たり前のことです。ところが、いざ電子化に取りかかると、資料を電子化してしまえばコンコーダンスは作る必要がなかったことに気付きます。コンコーダンスは、ある単語の出現場所を示す一覧です。全文検索の結果一覧は、コンコーダンスそのものです[*18]。計算機がない時代にコンコーダンスを作ることは、単語のリストを作ることでした。計算機の誕生により、資料を電子化してしまえば、コンコーダンスは必要なときに計算機がその場で作り出す(検索結果を表示する)ことができるようになりました。

the machine can be made to change the sheet automatically after a given number of lines. The distance between lines can also be automatically differentiated; (p.28)

＊16 L.S.Nagamatsu, et.al. (2013) "Physical Activity Improves Verbal and Spatial Memory in Older Adults with Prob-able Mild Cognitive Impairment: A 6-Month Randomized Controlled Trial", *Journal of Aging Research* vol.2013. M.Longcamp, et.al. (2008) "Learning through Hand- or Typewriting Influences Visual Recognition of New Graphic Shapes: Behavioral and Functional Imaging Evidence", *Journal of Cognitive Neuroscience* 20 (5).

＊17 空いた時間を有効活用すればよいという考えもあります。但し、作業量を減らすことに成功した結果として深い思慮を得られたという報告はあまり聞かれません。作業を通して考えるということは「手で考える」という言葉がこれを上手く表現しています。哲学者が歩きながら思索するのもこの一種かもしれません。効率が求められる実社会と、ひとの思索能力を高める人文学とでは、時間の使い方に異なる価値観を持つという認識が必要ではないかと、わたくしは考えています。

＊18 例えば、Adobe Acrobat では、検索結果の一覧を示してくれます。

「計算機の利点には、数値を入れ替えると表の値も自動的に修正されることがある。」

ブサはこの他の利点として、データの部分抽出により特定の索引を自動的に作ることができることも挙げています。索引は、コンコーダンスと同じように、資料を電子化してしまえば容易に作ることができます。但し、索引は電子化された資料の検索だけでは自動作成されません。索引は、著者や編集者が、重要な出現箇所（ページ）を選択することで作られています。[*19] この選択という作業により、索引は教育上とても有用なページとなります。ところが現在では、検索機能のみで十分とされ、索引は用意されていないことがあります。この場合、読者は自分で重要なページを探し出す手間をかけなければなりません。これは初心者にとっては大変な作業です。インターネットにある情報の索引は、Google のような検索サイトが「上位のサイト」として示されたものので代用されていますが、書籍にある情報の索引が自動作成される仕組みはありません。索引の持つ価値の理解が広がり、書籍に限らず雑誌でも当然のように用意されている状況が世の中に生まれて欲しいと思います。

the eye and the hand must do the rest.（p.30）

「煩わしい作業を機械に任せられることで、人の能力を別なものに向けることができる。」

ブサは、計算機が如何に事務作業を軽減してくれるのか、幾度となく強調しています。そして、コンコーダンスが少ない労力で簡単に作ることができるメリットに加えて、計算機が人間性そのものを肉体労働から解放してくれること、それにより人が新たな精神的作業に従事できることを喜んでいます。計算機を使わずにコンコーダンスを作る作業の経験を持つブサが感じたこの開放感は重要な証言になります。

But, it is indeed hard to sacrifice accents and punctuation as well as the difference betwen capitals and small letters.（p.32)

「電子化にあたり抜け落ちる情報がある。」

多くの人が忘れがちなのですが、電子化・符号化では、欠落する情報が必ず発生します。計算機科学の基礎知識に「標本化定理」というものがあり、これはアナログの情報は漏れなく符号化・

＊19　索引の多くは著者ではなく編集者が作っています。書籍の重要用語は、著者が一番よく知っているはずなのですが、著者の時間がなかったり、著者の考えた索引は第三者が望んでいる索引と必ずしも一致しないということがあり、編集者が索引リストを作成しています。その意味では、著者と編集者の協働作業が上手くいっているのか、編集者がその書籍をどれだけ丁寧に作っているのかを知るポイントにもなります。

電子化することができることを示しています。ところがこの定理には、符号化の対象をあらかじめ決めていれば、という前提条件がついています。そして、それを決めるのは人間です。つまり、わたくしたちが必要と判断した情報のみを計算機はもれなく扱うことができます。何を符号化するのか、何を符号化しないのかは人が決めるのです。[*20] 身近な例で考えてみましょう。例えば、みなさんの視力はどのように測られているのでしょう。機械が自動的に測定しているわけではありません。視力検査の時にみなさんの「見えます」「多分見えてます」「心ではそう見えます」という申告から視力は決められています。[*21] ここには客観的なデータというものはありません。人が申告したものを数値化しているだけです。「見えません」といえばそのように数値化されます。このように、対象の符号化すなわち電子化することでは、何かしらの情報が欠落します。これはブサの時代に限ったことではなく、理屈としてそうなってしまうのです。そして、その欠落の存在は、対象が一旦電子化されてしまうと、その存在を知ることが大変難しくなります。そのため、資料の電子化の作業においては、電子化の様子を記録して残しておくことが重要です。ここには、何を電子化したのかに加えて、何を電子化しなかったのかということも、できれば記録しておくことが理想です。このような電子化の作業で、何をどのように符号化したのかを記録した情報のことを「メタデータ」といいます。[*22] 電子資料の作成においてメタデータの作成はとても重要で、またその項目もそれなりの量になります。電子資料のメタデータについて検討しているＴＥＩのガイドラインには、大変多くの項目が提案されています。但し、それでもまだ十分に記録項目が揃っているわけではありません。また、学習のための資料もあまりありません。[*23]

From a strictly philological viewpoint it will be possible to make extremely quick comparative analyses of the composition and frequency of the vocabulary of various authors, useful for example in psychological research, criticism of texts or historical relationships; searching for all the words containing a given root; glottological comparisons of different languages and so forth.（p.36)

「テキストの比較や単語の頻度を容易に知ることができる」

これらの言語に関する情報は、古典的人文学（Philology）にとどまらず、心理学やテキスト批評、

---

*20 当たり前に聞こえますが、多くの人は、計算機がはき出す数値は計算機ではなく人間が決めている事実を忘れがちです。

*21 光学的に見える能力と、実際に見えることは違うということです。そして、視力は後者を指します。

*22 図書館学でいうメタデータ（書誌情報）と人文情報学のそれには違いがあります。恐らく、図書館学と人文情報学が異なる分野であることを知る一番良い項目です。

*23 現在、電子化に伴うメタデータ作成の案内書を作成しています。この公開には少し時間がかかりそうなことから、ここで結論だけ示しておきます。昔も今もメタデータの設計は、自らが必要とするものを記録し、後に外部とのデータ共有を模索する、という順序で行われるべきです。先にデータ共有を目指すことは失敗への近道です。

歴史の比較などにも役立つとしています。ブサは、計算機を使うことで、人文学の基礎である言語の研究を格段に進めることができ、それにより人文学における可能性を広げるだろうと期待しています。

ここで引用にある古典的人文学（Philology）について解説をしておきます。Philology という言葉は、かつては「文献学」「言語学」「博言学」のように訳され[*24]、教える立場としてはやっかいな用語です。訳語は多数ありますが、その意味するところはとても単純で、要は「本の世界を研究する分野」を示しています。但し、本に書かれてあるものには時代も言語の違いもありません。書かれているものは全て平等に扱われます[*25]。すると、本の世界を巡るには、様々な言語で書かれた書籍や古い年代の書籍も読まなければなりません。そのためには、言語の知識が必要であり、雑学とも見える知識も扱うことになります。このような、書籍の世界に学問の興味を求めたのが Philology です[*26]。いまでいえば、古典的人文学と称するのが相応しいものです。

It is by these systems that the science of documentation is endeavouring to reach that level which will enable it to make a timely arrival at that point from where comes its efficiency today more than ever demanded by the developments of study and work.（p.36）

「よりよく物事を処理するための手法を我々は求めてきたが、ようやく計算機によって文書の科学がもたらされることになった。」

ブサは、計算機がテキスト研究において理想的な道具となることを示し、新しい研究が始まると謳います。「文書研究・文書科学（documentation science）」という言葉は、とても良い言葉です。文書を科学研究の対象としたとき、多様で新しい研究が考えられてきます。文書には利用の他にも、作成・編集・保存・再利用といったライフサイクルがあります。これら全ての場面で、新しい研究活動が始められるとわたくしは感じています。例えば、テキストを計算機に入力する環境は、必ずしも人間が紙上で試みてきた数々の手法を組み込んでいるとは思えません。これらに挑戦することも、人文情報学の研究ではないかと考えています。

この引用以降の文章では、作成されたコンコーダンスの言語に関する統計資料が載せられています。ブサは計算機を使ってコンコーダンス作りをした経験から、検索の可能性、人間がやるべきことへの注目、テキスト処理の可能性を知ることになりました。ブサが取り組んだ作業の多くは、テキストをパンチカードに入力して、計算機に取り込むという単純な作業です。ところが、

＊24 この混乱の原因は上田万年が訳出したことにあります。上田万年が日本の言語研究に与えた影響については、金子亨（2001）「Uëda Mannen のこと」『ユーラシア言語文化論集』4号千葉大学などをご覧ください。

＊25 実は、このような価値観は、現代のインターネット世界で復活しています。ネット上にある情報は、年代も場所も、そして自動翻訳機能が実用化されたと感じるひとにとっては、言語の違いもなく、有用と思われた情報は平等に扱われています。

＊26 Philology とはどのような世界であったのかは、J.Turner（2014）*Philology*, Princeton University Press で知ることが出来ます。そして、同時期に科学・技術革命があったことも知っておくと良いでしょう。

ブサはその単純な作業を通して、重要な知見を得ています。例えば、ひとが考える作業、入力時に失う情報の存在、テキストの比較、新しい文書科学の可能性などです。このように資料の電子化を通して新たな発見に出会うことが、人文情報学ではよくあります。文字や記号の入力に配慮していると、今までは表面しか見ていなかったこと、もしくは表面すらもよくみていなかったことに気付くのです。そして、そこから多くの反省と共に新たな発見をします。ブサがこのような電子化作業の副作用的な効用をどれだけ明確に認識していたかは分かりませんが、少なくとも、この報告書を読む限りでは、彼は同じ体験をしていたことがわかります。このような気づきを人文情報学では「電子化による発見的行為」と呼ぶことがあります。[*27] 残念ながら、この電子化の作業を通して得られた知見が公表される機会は多くありません。論文から知ることは難しく、口頭発表の時に、挿話として示されるくらいです。みなさんが人文情報学を学ぶ際には、論文を読むだけでなく、ぜひ会議に参加して、特に電子化の発表を聞いてみて下さい。運が良ければ、作業を通して得られた、考えさせられた知見を知ることができるかもしれません。そこには実験結果や発表の結論よりも重要で、おそらく真理に近い知識を得ることができるでしょう。

ブサが何処まで人文学に精通していた人物であったのか、いろいろと論議はあるようです。しかし、この報告書にあるよう、現在の人文情報学に携わる研究者が体験することを、この当時に経験していたブサは、やはり人文情報学の扉を開いた人物であると考えられます。

4　計算機の技術開発

ブサがコンコーダンスを作るために使用した計算機は、わたくしたちが現在使っている計算機とは全く質が異なります。当時の計算機は羊水の中で成長しているようなものです。計算機は、第二次世界大戦（１９３９—１９４５年）の戦時研究として、高速に数値計算をする、文字通り「計算する機械」として開発されます。１９４１年にドイツのエンジニアであるツーゼ（K.Zuse）は、リレーという部品を使い世界で初めてチューリングマシンを実現する計算機を開発しました。[*28] １９４３年には、真空管を使った初めての電子式の計算機 Colossus がイギリスで作られます。この開発にはチューリングも関わっていました。しかしこの計算機はチューリングマシンではありません。チューリングマシンである電子式の初めての計算機は、１９４６年にアメリカで作られたＥＮＩＡＣです（図1、14頁）。この開発にはノイマンも関わっていました。[*29] ところが、プログラム内蔵型いわゆるノ

＊27　マークアップ言語を使った資料の電子化の文脈でよく使われます。

＊28　チューリングマシンとは、イギリスの数学家Ａ・チューリングが１９３６年に定義した、計算機でできること・能力を満たす計算機のことです。チューリングは計算機が世の中に存在しない時代に、計算機の能力を定義し、同時にその限界をも定義してしまいました。

＊29　ノイマンはアメリカの数学者で、現在ある計算機のモデルとなるノイマン型計算機を提唱しました。彼は多才な数学者で、量子物理学、ゲーム理論、さらにはマンハッタン計画に参加し、原子爆弾の効果的な爆破のタイミングの算出などにも関わっています。

New 'All-Transistor' Calculator May Surpass Electronic Models

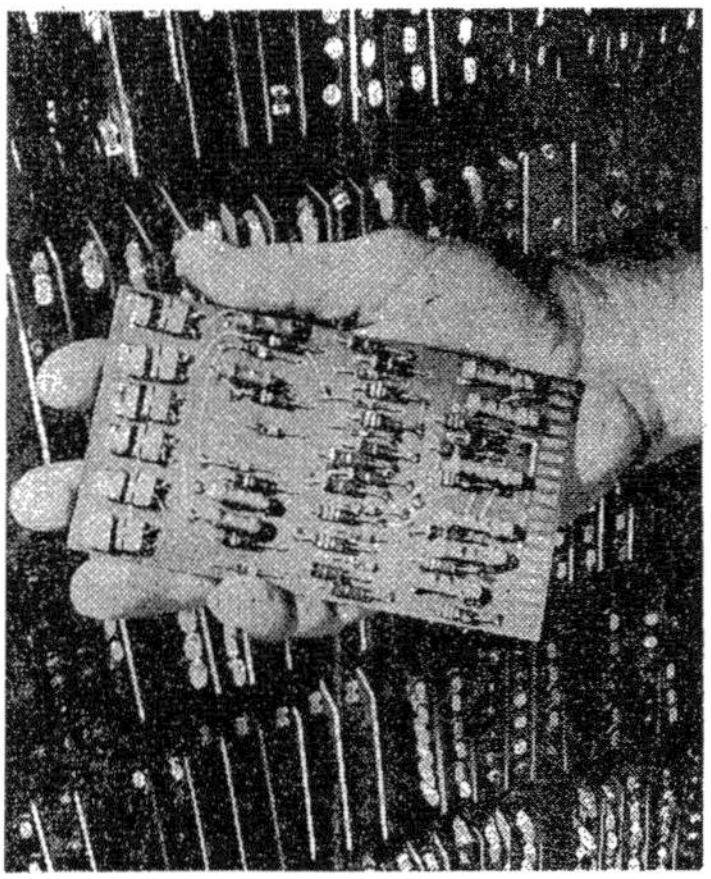

Printed wiring panels used in I. B. M.'s experimental transistor calculator to simplify production and maintenance. Devices on panel include transistors, diodes and resistors.

Special to The New York Times.

POUGHKEEPSIE, N. Y., Oct. 7—An experimental "all-transistor" calculator, which may surpass conventional electronic "robot-brained" machines, was exhibited today at a press preview of the new International Business Machines research laboratory.

The new model, with a computing unit about half the size of a comparable vacuum-tube unit and requiring only 5 per cent as much power, employs 2,200 transistors It ranks in capacity with I. B. M.'s type-604 electronic calculator which uses 1,250 vacuum tubes.

The transistor, a semi-conduc tor, can control the flow of elec trons just as a vacuum tube does Unlike a vacuum tube, it never burns out. And tiny crystals o the grayish-white metallic ele ment germanium, sprouting hair

Continued on Page 37, Column 3

図3　New York Times
1954年10月8日

イマン型の初めての計算機は、１９４８年にイギリスのマンチェスター大学で作られたBabyです。[*30] ノイマンが開発に参加をしたノイマン型のＥＤＶＡＣが完成したのは１９５１年です。ＥＤＶＡＣの開発は１９４４年に始められたものの、それから3年遅れの１９４７年に始められたBabyの開発に先を越されてしまいました。このBabyの逆転劇はメモリの開発がもたらしたといわれています。ＥＤＶＡＣは、記憶装置に水銀管という部品を使っています。[*31] これに対して、Babyの方は、新しく開発したブラウン管（ＣＲＴ）を使った記憶装置を使いました。これによりプログラム内蔵型（ノイマン型）の計算機が実現できたとされています。１９５０年代前半までの計算機の開発は部品の開発ともいえます。これら部品開発が一段落したのは１９５０年代の後半です。この契機は2つの部品によりもたらされます。トランジスタとコアメモリです。

　計算機の誕生当時、演算装置には真空管という部品が使われていました。真空管の速度と処理量は満足できるものでしたが、壊れやすく、安定性がありませんでした。この欠点を克服したのがトランジスタです。トランジスタは現在の計算機でも使われている半導体を素子とした部品で、消費電力は少なく小型化も容易で、さらに値段も安いという良いことづくめの部品です。１９５４年には、世界初の完全トランジスタ化された計算機ＩＢＭ６０４が発表されます(図３)。ここから計算機の処理能力は一気に高まってゆきます。

誕生当時の計算機の記憶装置には、先に紹介した水銀管やブラウン管といった遅延管が使われていました。遅延管とは、情報を入力すると時間をおいてそれが出力される部品で、この性質を利用し、出力された情報を入力として入れ直すことを繰り返すことで情報を記憶していました。遅延管は扱いが難しく、また小型化も困難で、リアルタイム処理は難しく、記憶できるデータ量も限られていました。この状況を打開したのがコアメモリです

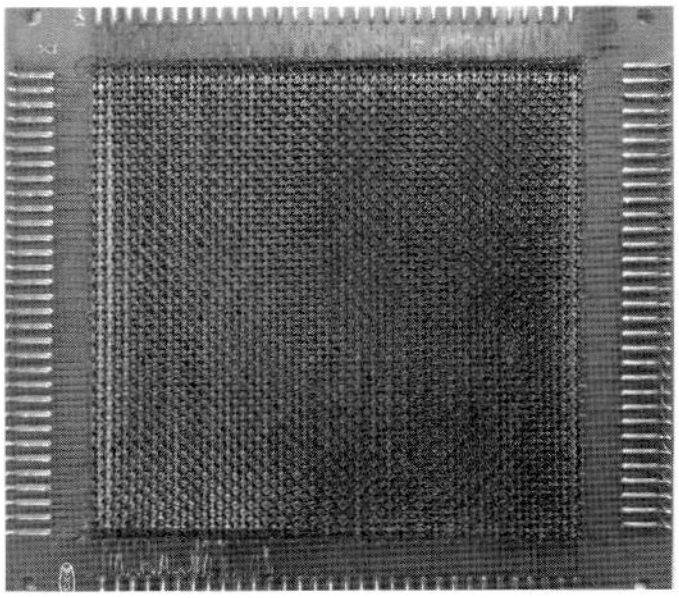
図4　コアメモリ

図5　コアメモリの部分拡大

＊30　マンチェスター大学は１９４９年にMark Iという計算機を開発します。その実験機として作られたのがこのBabyです。ちなみに、Mark Iという名前の計算機には、このマンチェスター大学で作られた通称Manchester Mark Iの他にも、１９４４年にアメリカのハーバード大学で作られた通称Harvard Mark Iがあります。

＊31　水銀管とは、水銀を媒体とした遅延管の一種で、遅延管は記憶装置の部品です。

（図4）。コアメモリは、遅延管より扱いやすく小型化が可能で、しかも電気を止めも情報が消えない（不揮発性）記憶装置でした。コアメモリは、小さな丸い磁石に導線を通して作られています（図5）。この磁石の数だけ情報を記憶することができます。磁石の大きさを小さくし、その数を増やせば記憶容量は増えてゆきます。コアメモリは１９５２年に動作が確認されて以降、内部記憶装置の主流として使われてゆきます。[*32] １９５４年にはコアメモリを搭載したＩＢＭ７０４が発表され１９５５年に出荷が始まります。同じ１９５５年には、コアメモリとトランジスタを搭載したＩＢＭ６０８が発表され、１９５７年に出荷が始まります。同じ１９５７年には世界初の高級プログラミング言語ＦＯＲＴＲＡＮの出荷が始まり、[*33] １９５９年には傑作機ＩＢＭ１４０１が発表され、これは少なくとも１９８１年まで使われ続けました。トランジスタとコアメモリの誕生により、１９５０年代の後半にはいまある計算機と同じ性質を持つものにまで一気に完成度を上げてゆきます。[*34]

このように計算機の性能が高まると、ある課題が生まれました。計算機は計算機としての役割を終えてしまったのです。計算機は、計算する能力を持て余しはじめ、計算すること以外の用途を探さなければなりませんでした。[*35] 計算機は次第に、データ処理機（data processing machine）としての役割を持ち始めます。例えば、イギリスではＬＥＯという商用計算機が１９５１年に登場し、民間会社に導入されます。[*36] ＬＥＯの使われ方の例として、コマーシャルフィルムに面白い様子が記録されています。[*37] コンビニのような小売店が電話で本社に翌日分の商品を注文します。本社ではそれらを計算機に入力し、全社から求められた商品数を把握し、さらに売り上げの動向も知ることができます。これらの情報をもとに、本社では翌日に必要となる商品を一括発注します。翌日の早朝、それぞれのお店に商品を運ぶトラックには、その日配送される商品のリストと供に商品が乗せられ、本社から各小売店に運ばれてゆきます。このような配送システムが１９５０年代にはすでに実現されていました。

この当時の面白い話として、計算機を示す言葉として"Computer"は相応しくないという語感がもたれていたようです。計算機（Computer）は計算するだけの機械ではなくなっていたのです。結局のところは、いまでも計算機（Computer）という言葉は使われ、計算機を使った情報処理を研究する学問も計算機科学（Computer Science）と呼ばれています。つまり、計算機や計算機科学という言葉は、１９５０年代後半以降、計算機を使い情報を処理することへと意味が変化していたことになります。[*38]

＊32 E.W.Pugh (1984) *Memories That Shaped an Industry*, The MIT Press

＊33 開発開始とその発表は１９５３年、マニュアルの発行は１９５６年、ソフトウェアの出荷が１９５７年です。

＊34 そして計算機開発の中心は、大学の研究室からＩＢＭといった企業へと移ってゆきます。

＊35 計算機の開発は急速に進み、新しい製品が次々と発表されてゆきます。ところが計算機の値段は相当に高いものでした。開発を続けるには値段の高い計算機を売り続けることが必要で、そのためには、計算機の利用範囲を広げて稼働率を上げ、使用単価を下げる必要がありました。

＊36 最初のころのＬＥＯは真空管と遅延管を使っていました。

＊37 Computer History Museum (2009) *Computer Pionerrs and Pioneer Computers*, DVD

＊38 今でも計算機科学（Computer Science）という語感に馴染めない人は少なからずいるようです。但し、現在では、計算機システムに依存することを意識せずにデータを収集・分析する、例えば、遺伝子情報の解析などではデータ科学（data science）と表現した方が良いかもしれません。

人文情報学の分水嶺

計算機の開発の歴史を知ると、1951年にブサがコンコーダンス作りに計算機を使っていたことが、如何に早い時期であったのかがわかります。ブサは計算機そのものが開発されている最中に、難しい応用を試みていました。ところが当時もうひとつ、計算機を難しい応用分野に利用しようとする試みがありました。計算機による自動翻訳です。翻訳は人文学のいち分野ですから、それに計算機を使うのであれば、機械による翻訳も人文情報学として捉えることもできます。そこで、ここで少し機械翻訳の研究史を見てゆきます。

機械・自動翻訳の試みは戦後まもなく始められました。これらの様子は［Locke et.al. eds. 1955］[*39]から知ることができます。機械翻訳の研究が戦後すぐに始められた背景には、第二次世界大戦中からアメリカではソビエトとの戦いを想定していたことがあります。例えば、［Nash, 2011］[*40]には、第二次世界大戦以前、ファシズムと戦うのかそれとも共産主義と戦うのか、その順番を決めかねていたアメリカ政府は、イギリスからの要請とドイツ・日本の行動をきっかけにファシズムとの戦いを始めるものの、実際に戦争を始めると、戦う相手を間違えたという認識が生まれていたことが記録されています。アメリカは、戦時中から社会・共産主義への戦いの準備をはじめていました。このようなことから、戦後すぐに対ソビエト戦略としてロシア語の機械翻訳研究が始められます。当時の機械翻訳はロシア語から英語への変換のことです。

［Locke et.al. eds. 1955］には、1955年までの機械翻訳の研究の様子がまとめられています。

また、巻末には１９５５年までの文献が、解説付きで紹介されています。１９５５年までの研究の概要は次のようなものです。

「１９４６年にW.WeaverとA.D.Boothが機械翻訳の可能性について論議し、計算機の記憶容量が少ないことに問題はあるが、翻訳対象を限定すれば可能であると判断した。１９４７年にこれを実験し、動くことを確認した。[*41] １９４８年に、R.H.Richensが、機械翻訳に文法情報も使うことを提案する。具体的には「語根」を使い、ここから屈折情報を得る手法を提示した。１９４９年、機械翻訳研究の活動が増える。批判的な意見もあったが、戦時研究を進めたV.Bush氏はこれに賛同する。１９５０年、E.Rifflerが機械翻訳の入力と出力時に、人手による加工（前処理、後処理）を導入することを提案する。１９５２年、研究会議の必要性を確認し、ロックフェラー財団の資金で、ＭＩＴにて4日間の会議が開催される。さらにこの年には、ロンドンでも9月に

＊39　W.N.Locke and A.Donald Booth eds. (1955) *Machine Translation of Languages*, The Technology Press of MIT and John Wiely & Sons

＊40　George H. Nash (2011) *Freedom Betrayed: Herbert Hoover's Secret History of the Second World War and Its Aftermath*, Hoover Institution Press

＊41　但し、この出典が書かれておらず、またわたくしはその発表記録を見つけることができないでいます。もしかすると発表されていないのかもしれませんが、正しいところは不明です。

会議が開かれている。１９５４年、ＩＢＭが７０１を発表、これを使い２５０語のロシア語から英語への自動翻訳を実現する。この際、６つの文法規則が使われた。[*42] この年、ＭＩＴから雑誌*Mechanical Translation*が発行される。」

ここで紹介されているように、１９４７年の段階で機械翻訳の実験が行われていたとすれば、ブサがコンコーダンスの作成を始めた時期よりも早い試みになります。但し、成果発表がなければ、その研究の存在は公的には認められませんから、その意味ではブサの方が早いことになります。もちろん、重要なことはどちらが人文情報学の初めての活動であるかということではなく、現在では人文情報学の一部とは見なされていない自動翻訳の分野が、胎動期にはどのような位置づけの研究であったのかを確認することです。この書籍にはその一端が書かれています。

In much of the work that follows it is tacitly assumed that a one-to-one correspondence exists between the language of the original text and that of the translation. If this assumption is correct, then it is possible to envisage a purely mechanical process — in the broad sense — which, if applied to the input text, will result in an output translation, and which, if reapplied to the translation, will produce the original input text.（p.1）

「一対一で言語は訳せることから、翻訳の作業は、単語の対応、文法情報、意味（あいまい）の決定の作業で実現される。」

この文章を読むと、当時の機械翻訳の研究者は、計算機の情報処理能力を頼りに翻訳はできると考えたのではなく、翻訳という作業そのものが知的な作業というより機械的な作業であるとの認識をもっていたように感じられます。実は、このような発言はこの書籍の他の場所でもみることができます。

Taken in its most general sense, translation is the substitution of one language for another to express the same set of ideas. It should proceed by a one-one substitution of symbols for each of the ideas expressed, together with the additional changes required by a possible change in the syntactic rules.（p.25）

どうも、このような言語に関する素朴な理解をもとに、機械的な翻訳は容易に実現できると思っていたふしがあります。

---

*42　この詳しい様子は8章で紹介されています。

The extreme position has been argued that such an operation is not generally possible even for a human expert, and thus even less so far a machine. This view seems to us overpessimistic.（p.14）

「翻訳家ですら困難な仕事である翻訳を、計算機ができるはずがないという考えは、悲観的すぎるように思える。」

さらには、一般言語学についても知識がなかったような発言もあります。

The act of ``translation'' would then consist in identifying the *ideas* contained in the original text and expressing these in terms of stored phrases.（p.14）

「翻訳という作業は、対象となるテキストに込められた意図（idea）を定めることであり、それを手持ちの言葉で表現することである。」

表現されている言葉（文字列）から意図を求めることは簡単なことなのでしょうか。正直、わたくしには彼らのこのような素朴な発言に、理解の範囲を超えた違和感を覚えてしまいます。翻訳は、対応する単語を2言語間で交換するだけのものではないはずです。当時の工学者は、言語教育や古典教育がまだ強く生きていた時代に大学で教養を学んでいたはずですから、翻訳という作業を芸術的な精神活動とまではいわないとしても、言語が示す意味世界では包含関係がどこでも成立するわけではなく、従って同値関係など保証されるものではないことを、知らないはずはないと思うのですが、これらの発言からすると、そうではないのかもしれません。もしこの書籍が学術書でなく一般向けのものであれば、研究費を獲得するため意図的に印象操作をしているという推測も可能です。ところが、この書籍は大学の出版局と学術出版社が共同出版したものですから、そのような書籍とも考えられません。すると、彼らは心からそう信じていると判断するのが妥当で、そうであればやはり人文学もしくは言語学の教育を受けた研究者には同意できない発想になります。少なくとも、人文学研究の一環であるとは認められないでしょう。すると、機械翻訳は人文情報学の源流と見なすことは難しくなります。機械翻訳研究の源流は人文情報学と同じ分水嶺にあったのかもしれません。但し、その研究活動の意図するところは同じものではなく、機械翻訳は人文情報学とは異なる発展を遂げてゆく、別の源流であったようです。

人文情報学とは異なる活動であった機械翻訳の試みに、人文学者が参加しなかったわけではありません。ノーム・チョムスキー（Norm Chomsky）というアメリカの言語学者は、形式言語の研究に多大な貢献をして機械翻訳を支援します。チョムスキーは、日本語や英語といった自然言語と、プログラミング言語のような人工言語を、ともに形式言語の枠内で定義し、言語の世界を

「チョムスキー階層（Chomosky Hierarcy）」としてまとめました。[*43] これにより、わたくしたちが使う自然言語と、計算機が扱う人工・形式言語は、同じ言語として扱うことができるとしました。一般にこの提案は、当然のものとして受け入れられています。わたくしはこれを「チョムスキー予想（Chomsky Conjecture）」と表現しています。理由は、チョムスキー階層はある前提を元に構築されていますが、それはまだ証明されていないからです。チョムスキーは、自然言語は句構造文法すなわち単純なプロダクションルールで定義できるとしました。[*44] 多くの人が直感するところでは、制約のないプロダクションルールといった汎用的な規則で定義できない文法などは存在しないだろうと考えられています。しかし現実にはまだ証明されていません。[*45]

チョムスキーは、チョムスキー階層を自然言語にあてはめる試みとして生成文法を１９５７年に提案します。[*46] この生成文法の枠組みにより言語処理を計算機上で実現してゆく研究はすすみ、多くの成果報告がなされ、人文情報学とは異なる研究分野として発展してゆきます。[*47]

5　テキスト処理・言語工学（1957年）

1950年代の後半から、計算機の新たな応用分野が探し求められてゆきます。その先鋒を担っていたのは、計算機を作る中心的な企業としての地位を固めていたIBMです。IBMは1956年に応用分野のひとつとして人工知能（Artificial Intelligence）の研究を始めます。同じ頃、IBMは自社の技術広報誌 *IBM Journal of Research and Development* に、言語工学という新しい研究・開発分野を提案しました。それがここで紹介する資料です。タスマン（P.Tasman）は、ブサと共に挑んだコンコーダンス作成の経験を元に、ここで紹介する資料［Tasman 1957］（図6）[*48]で、テキスト処理または言語工学とも呼ぶべき応用分野を提案します。

この論文は、3号（7月）に掲載された総数8ページの長さで、パンチカードの写真を含めながら、

＊43　N.Chomsky (1956) "Three models for the description of language", *IRE Transactions on Information Theory*

＊44　A→Bという単純なプロダクションルールで自然言語の文法は全て説明できるという前提のことです。これにより自然言語は計算機でも扱うことができるようになります。

＊45　定義する努力が足りないことが理由かもしれません。もしかすると、統語規則いわゆる文法というものは、わたくしたちが想定している枠組みとは、全く異なる存在である可能性もあります。例えば、統語規則は、静的なルールではない、常に変化してゆくルールの集合体であるのかもしれません。言語学としては面白いテーマです。

＊46　N.Chomsky (1957) *Syntactic Structures*, Mouton & Co.

＊47　念のための補足として、チョムスキーの枠組みはその有効性が疑われ、機械翻訳の分野でも使われなくなります。

＊48　P.Tasman (1957) "Literary Data Processing", *IBM Journal of Research and Development* vol.1, Issue 3

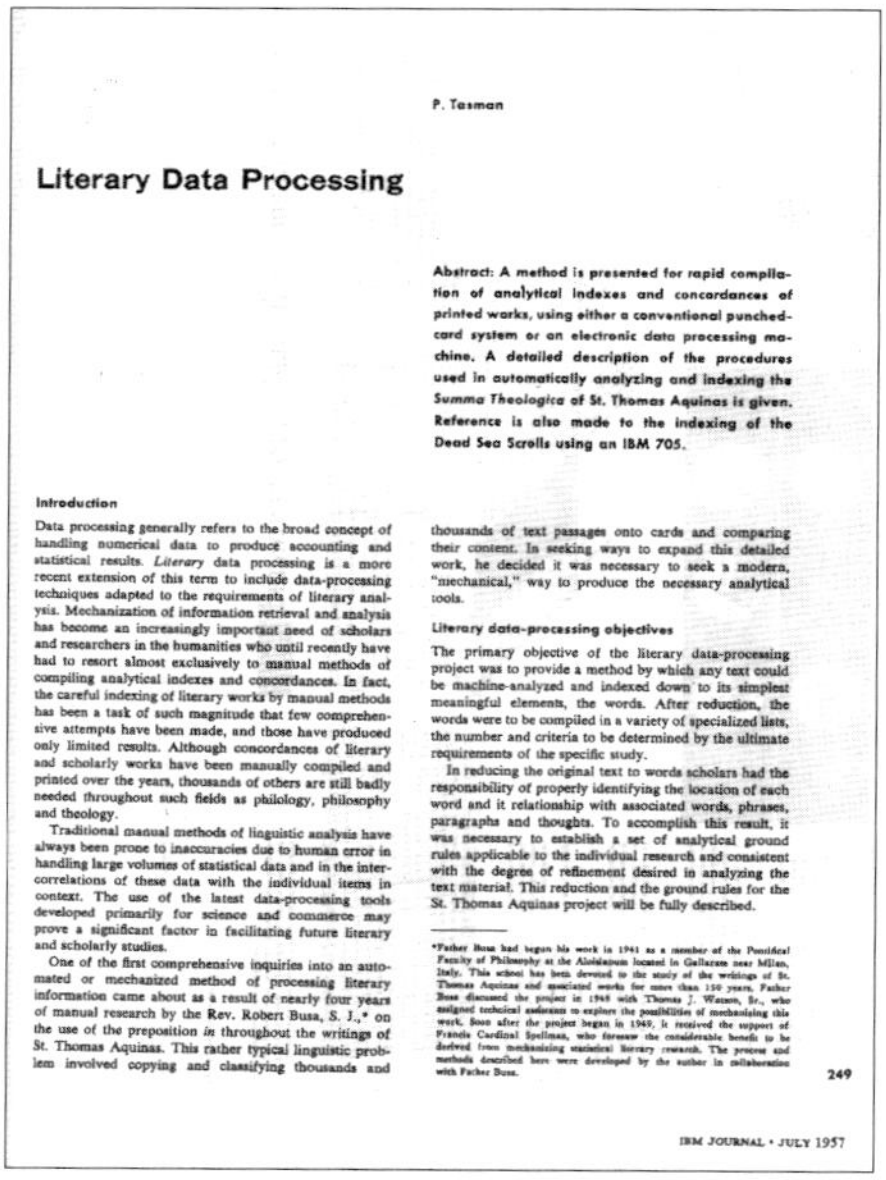

P. Tasman

Literary Data Processing

Abstract: A method is presented for rapid compilation of analytical indexes and concordances of printed works, using either a conventional punched-card system or an electronic data processing machine. A detailed description of the procedures used in automatically analyzing and indexing the *Summa Theologica* of St. Thomas Aquinas is given. Reference is also made to the indexing of the Dead Sea Scrolls using an IBM 705.

Introduction

Data processing generally refers to the broad concept of handling numerical data to produce accounting and statistical results. *Literary* data processing is a more recent extension of this term to include data-processing techniques adapted to the requirements of literary analysis. Mechanization of information retrieval and analysis has become an increasingly important need of scholars and researchers in the humanities who until recently have had to resort almost exclusively to manual methods of compiling analytical indexes and concordances. In fact, the careful indexing of literary works by manual methods has been a task of such magnitude that few comprehensive attempts have been made, and those have produced only limited results. Although concordances of literary and scholarly works have been manually compiled and printed over the years, thousands of others are still badly needed throughout such fields as philology, philosophy and theology.

Traditional manual methods of linguistic analysis have always been prone to inaccuracies due to human error in handling large volumes of statistical data and in the intercorrelations of these data with the individual items in context. The use of the latest data-processing tools developed primarily for science and commerce may prove a significant factor in facilitating future literary and scholarly studies.

One of the first comprehensive inquiries into an automated or mechanized method of processing literary information came about as a result of nearly four years of manual research by the Rev. Robert Busa, S. J.,* on the use of the preposition *in* throughout the writings of St. Thomas Aquinas. This rather typical linguistic problem involved copying and classifying thousands and thousands of text passages onto cards and comparing their content. In seeking ways to expand this detailed work, he decided it was necessary to seek a modern, "mechanical," way to produce the necessary analytical tools.

Literary data-processing objectives

The primary objective of the literary data-processing project was to provide a method by which any text could be machine-analyzed and indexed down to its simplest meaningful elements, the words. After reduction, the words were to be compiled in a variety of specialized lists, the number and criteria to be determined by the ultimate requirements of the specific study.

In reducing the original text to words scholars had the responsibility of properly identifying the location of each word and it relationship with associated words, phrases, paragraphs and thoughts. To accomplish this result, it was necessary to establish a set of analytical ground rules applicable to the individual research and consistent with the degree of refinement desired in analyzing the text material. This reduction and the ground rules for the St. Thomas Aquinas project will be fully described.

*Father Busa had begun his work in 1941 as a member of the Pontifical Faculty of Philosophy at the Aloisianum located in Gallarate near Milan, Italy. This school has been devoted to the study of the writings of St. Thomas Aquinas and associated works for more than 150 years. Father Busa discussed the project in 1949 with Thomas J. Watson, Sr., who assigned technical assistance to explore the possibilities of mechanizing this work. Soon after the project began in 1949, it received the support of Francis Cardinal Spellman, who foresaw the considerable benefit to be derived from mechanizing statistical literary research. The process and methods described here were developed by the author in collaboration with Father Busa.

249

IBM JOURNAL • JULY 1957

図6　Tasman 1957

コンコーダンス作成の様子を紹介しています。またこの号の表紙にはバチカン図書館所蔵の写本が載せられています。技術研究の論文誌としてはかなり異色の体裁です。タスマンの論文がＩＢＭの中でも注目されていたことが分かります。この資料からは、タスマンが人文資料を計算機で処理することに、どのような未来を感じていたのかを知ることができます。

Data processing generally refers to the broad concept of handling numerical data to produce accounting and statistical results. *Literary* data processing is a more recent extension of this term to include data-processing techniques adapted to the requirements of literary analysis. Mechanization of information retrieval and analysis has become an increasingly important need of scholars and researchers in the humanities who until recently have had to resort almost exclusively to manual methods of compiling analytical indexes and concordances. (p.249)

ここでいう literary data は、人文学で使われるデータというよりも、いまでいうテキストデータとして捉えた方がよいものです。計算機は人文学者が手作業を強いられた多くの仕事から人文学者を解放してくれると報告しています。これにより、人はより知的な作業に専念できるという希望も示しています。

果たして、これは本当にそうなのでしょうか。タスマンは、手作業にとられていた時間を何に使うべきなのか示していません。手作業を減らすことは知的活動に貢献するのでしょうか。このように、手作業を減らすことの重要性を説きながらも、何故それが重要であるのかを説明しないことは、今の時代の研究者でもよくみられます。ブサも同じようなことを計算機の利点として挙げていますが、ブサは計算機以前の手作業に携わっていた経験を元にした感想です。一方、タスマンにはそのような経験はありません。経験をした人が「もう十分だ」という時、その理由の説明は要りません。その人の存在そのものが、発言の価値そのものだからです。[*49] しかし、経験のない人が「もう十分だ」という時には、その理由を説明することが求められます。そうでない場合、そこには別の意図があると解釈するのが自然です。[*50]

＊49 客観的・主観的という基準から測ることができる情報ではありません。その人のアイデンティティを形成する要素は、第三者が否定することはできない、という意味です。

＊50 不自然な欠落には別の意味が伴うという、いわゆる Grice の公理です。

Traditional manual methods of linguistic analysis have always been prone to inaccuracies due to human error in handling large volumes of statistical data and in the inter-correlations of these data with the individual items in context.（p.249）

「これまでの言語分析では、人のミスにより不正確さがどうしても含まれてしまっていた。」

コンコーダンスを作る際には、同じ内容のカードを複数まとめて作る作業が必要で、この複写の作業を手作業ですると、どうしても書き間違いによる誤りが起こりやすくなります。この誤りを減らすことに、計算機は大きく貢献します。タスマンは、これを計算機のメリットとして強調しています。また、計算機による作業の効率化は、50人×40年の作業を10人×4年へと50分の1に短縮できる程である、とも主張しています。タスマンが示す計算機のメリットは、このような作業効率のことのようです。

Literary "mechanization" will greatly accelerate the collecting, grouping, comparing, correlating, and counting of the elements of language in any large-scale analytical project. It will also ensure far greater accuracy and flexibility.（p.254）

「大規模な分析を目標として、収集、分類、比較、校合、数量確認を行ってゆく。これにより、正確さ、柔軟さを得ることができる。」

ここは少し注意が必要です。コピーの誤りを減らし、コピーにかかる時間を減らすことで、作業量すなわち作業時間は減ります。但し、それらが何の「正確さ」や「柔軟さ」を保証することになるのか、残念ながらタスマンは示し切れていません。少し細かい話しをしてみます。例えば、文字の正確さとすれば、入力の精度が課題となります。また文字数の正確さであれば、何を文字として入力したのかが論点となります。[*51] また、比較の正確さとすれば、校勘の対象(単位)が論点となります。例えば、コード化される以前の字形と、コード化された後の抽象的な字形を比べても意味はありません。重箱の隅を突いているように思われるかもしれませんが、これが人文資料の電子化でみられる日常的な視点であり、これらの問いに耐えて初めて提案として成立するのだと思います。わたくしの推論では、タスマンのいう「正確さ」とは「正しい複製を作ること」であり、「柔軟さ」とは「何枚でも同じ複製を作ること」です。タスマンの主張は、テキスト処理が一度だけの入力作業で済むという作業効率につきるようです。ちなみにタスマンは計算機の販売拡大を仕事としていたセールスエンジニアです。

＊51　例えば、改行箇所にある"sub-line"のようなハイフンを入力するのかどうか等です。

...the machine-searching application may initiate a new area of *language engineering*. It should certainly lead to improved and more sophisticated techniques for use in libraries, chemical documentation, and abstract preparation, as well as in literary analysis.（p.256）

「言語工学が誕生する。文書処理は、人文学以外の分野でも利用が可能である。」

タスマンの論点は、この引用部分が示すように、計算機の利用方法としてテキスト処理または広く言語工学と呼ばれる分野への応用が考えらる、という主張にまとめられます。ＩＢＭはこの当時既に人工知能の研究を始めていたものの、計算機を人文学に導入する具体的なイメージはまだできないでいたと思われます。その理由は、この資料にあるようタスマンは未来像を明確には示すことができないでいたことに加えて、この後で紹介する資料から分かるように、人文学への応用をＩＢＭは社外に意見を求める戦略に切り替えたことがあります。恐らく、ブサとの共同作業だけからは人文学への応用が想像しきれなかったのでしょう。１９６０年代に入るとＩＢＭは多くの研究者への資金援助を通して、新たな計算機市場を開拓すべく、人文情報学の未来を探り始めます。

６　言語資料の作成

ＩＢＭは１９５７年にテキスト処理・テキスト工学への応用に加えて、計量言語学での応用も提案し[52]、積極的に人文学への応用を模索しています。但し、１９５０年代までは、まだ計算機の能力は安定せず高価であったことから、人文学への導入はごく少数に限られたものでした[53]。それでも企業の支援を得ながら、人文学者は少しずつ人文資料の電子化に取り組んでゆきます。人文資料の電子化は、ブサの試みと同じようにコンコーダンスの作成から始められました。当時の様子は、［Parrish 1962］[54]や［Fogel 1962］[55]から知ることができます（図７）。この章ではこの２つの論文を紹介します。その前に、ここでコンコーダンスのすばらしい定義を紹介しましょう。これは［Painter 1960］[56]の冒頭にある一節です。

＊52　H.P.Luhn (1957) "A Statistical Approach to Mechanized Encoding and Searching of Literary Information", *IBM Journal of Research and Development* vol.1, no.4, IBM

＊53　１９５７年の時点では全米の大学で合わせても40台の計算機しか使われていませんでした。

＊54　S.M.Parrish (1962) "Problems in the Making of Computer Concordances", *Studies in Bibliography* Vol.15, The University Press of Verginia

＊55　E.G.Fogel (1962) "Electronic Computers and Elizabethan Texts", *Studies in Bibliography* Vol.15, The University Press of Verginia

＊56　J.A.Painter (1960) "Computer Preparation of a Poetry Concordance", *Communications of the ACM*, ACM

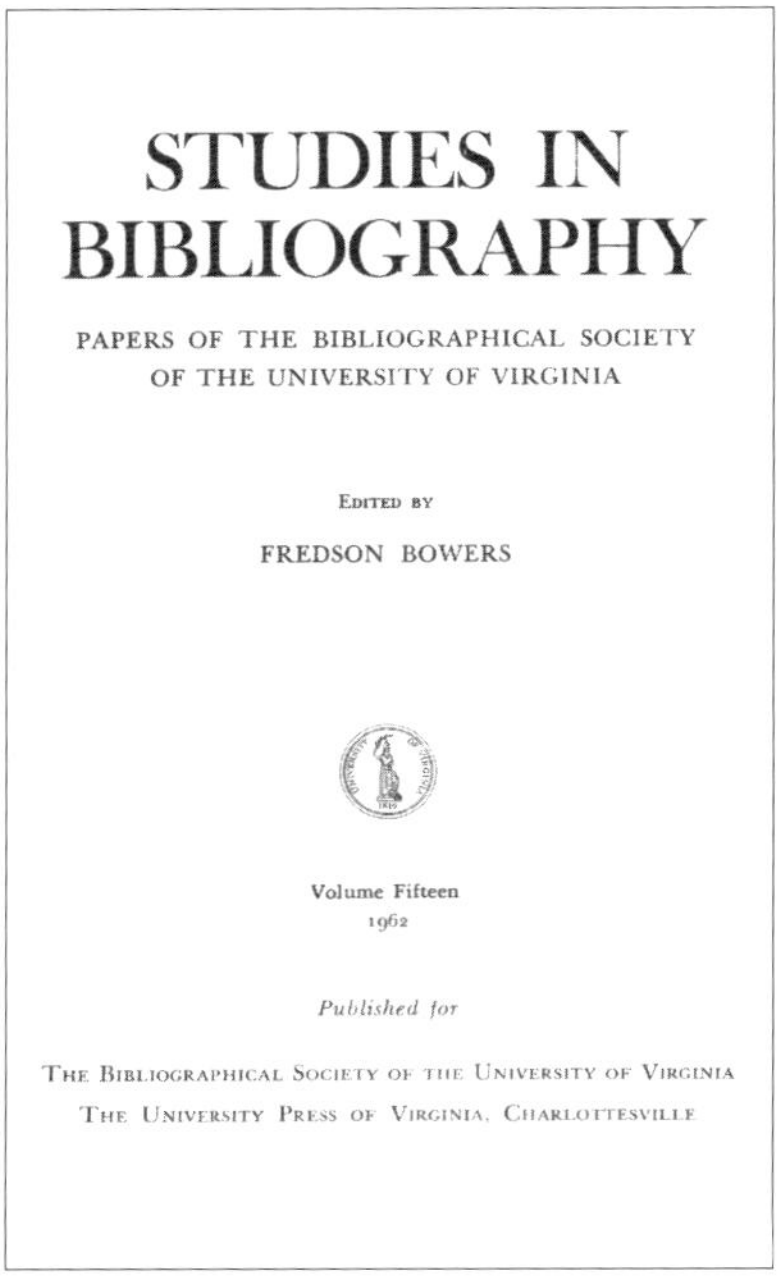
STUDIES IN BIBLIOGRAPHY

PAPERS OF THE BIBLIOGRAPHICAL SOCIETY
OF THE UNIVERSITY OF VIRGINIA

EDITED BY
FREDSON BOWERS

Volume Fifteen
1962

Published for

THE BIBLIOGRAPHICAL SOCIETY OF THE UNIVERSITY OF VIRGINIA
THE UNIVERSITY PRESS OF VIRGINIA, CHARLOTTESVILLE

図7　Studies in Bibliograpy 1962

A concordance is an alphabetical index of the words used by a major writer, or group of writers, showing each word in its context. It is one of the basic research tools for scholars in the Humanities. Concordances are very useful in studies of languages, vocabulary, and the history of ideas in literature and philosophy. Use of a concordance is probably the only way to interpret critically, or sometimes even to understand, a symbolist writer.（p.91）

「コンコーダンスは人文学の基礎的な資料であり、言語、アイディアの変遷などを知る重要な手段で、恐らく高次の意味を探る唯一の手段である。」

コンコーダンスは、単語の意味を探るための基礎資料です。言語には、社会の中で使われる情報伝達の手段という側面（ラング）と、個人の運用という側面（パロール）があります。言葉がその人の思索について語るために使われている場合、その言葉の意味は、多くの人が使う用例をまとめた辞書にある語義とは異なることがあります。言語の持つラングの側面だけからは、個人運用というパロールの側面は見えてきません。すると、その作者の意図を知るには、辞書に頼るのではなく、その作者がどのように言葉を使っているのかを観察することが必要で、コンコーダンスはそれを確認する資料となります。わたくしの個人的な感想では、コンコーダンスを使わずに作品理解ができると考えるのは、言語学的にはありえません。[*57] これは文学研究の主体が作者研究であるとき、その作者の全作品からなるコンコーダンスは、人物そのものの性格を表す印ではないにせよ、その作者の個人的な言語運用を観察する重要な資料です。

では［Parish 1962］で紹介されているコンコーダンス研究を詳しく見てみましょう。

Our psychological resistance to automation in the Humanities is likely to be stiffened by our superb innocence.（p.2）

＊57 ラングは個々のパロール間をつなぐインタフェースといえます。これにより他人とのコミュニケーションが成立します。『人文情報学への招待』で解説したように、インタフェースは妥協から生まれるものですから、この点からしてもラングだけからでは語り手の意図は見えてきません。文学論でいわれる言語的多様性も、ひとりの発語者（著者）から生み出されていることを忘れてはいけません。

「計算機への心理的な抵抗は無知によるものである。」

当時の人文学者が、計算機が人文学研究に導入されることに、何かしらの心理的な抵抗があったことが伺えます。

If electronic brains can index and edit poetry, we inquire fearfully, how long will it be before they begin to compose poetry?（p.2）

「計算機が詩の索引を作るとしたら、計算機はいつか詩そのものを作るのではないかと恐れてしまう。」

ここまでくると、今のわたくしたちの感覚からすれば、被害妄想に似たものを感じてしまいます。絵を運ぶ機械が絵を描き出すと想像してしまうまでには、相当の不安があったのでしょう。実はこの素朴な恐怖に似た感覚は、人にとって大切な直感です。人は無垢であるほど、人間そのものが持つ価値観と対立するものに拒否反応を示します。人は馴れてくると鈍感になり、結果として人間そのものの存在を失ってしまうことがあります。お酒などもその例でしょう。[*58] 計算機への素朴な脅威は、根本問題を検討する際には忘れてはいけない価値観です。

But our innocence is not the only problem. For even those of us who try to come to terms with automation are likely to be frustrated, owing to our inability to communicate with computer scientists in their own language.（p.2）

「我々は計算機を受け入れようとしても、計算機科学者と対話する能力を持っていない。」

ここからは、笑うに笑えない人文情報学の実情が、１９６２年の時点で早くも明かされてゆきます。

As a result of our inability to speak the language of computer science, the computer people are obliged to communicate with us in our language, and they have a way of telling us the things we seem so delighted to hear. "This machine（...）is fairly stupid. Of course,（...）the last machine we had was only in the first grade..."（p.3）

＊58　この小冊子では扱いきれませんが、統合失調症と診断された患者さんの多くは、極度の正直さと、極度の敏感さのために、鈍感さに馴れて生活する人々が作る社会に適合できないという難しさを持っています。この現象を知ると、人間性を高めるという人文学の目標が、社会からどれだけ求められているのか、不安になってしまいます。そしてこの鈍感さを養うのが人との対話です。ますます考えさせられてしまいます。

「我々は計算機科学者の言葉を知らないので、彼らと上手く話すことができない。代わりに彼らが我々が理解できる言葉で説明をしてくれる。」

人文学者の多くは現在でも、計算機科学者または数学者には、強い警戒心を持っているのではないでしょうか。人の知的活動は計算機に取って替わられることは無いだろうという確信に近い予想と同時に、自分が取り組んでいる作業は計算機を使えばもっと簡単に済ますことができたり、まとめかけている情報は数学を使えばもっと見通し良く表現できるのではないのか、という期待と憶測も人文学者は持っていると思います。これは、現在の自分の能力と未来の計算機の能力を同じく評価してしまうという、まさに人間らしい情報処理の結果として生まれた不安です。そしてこのような未確定の未来から生まれる不安を、計算機科学者の方はえてして持っていません。計算機には道具以上の存在価値を認めていないからです。これは人工知能であっても同様です。このような計算機に対する価値観の違いは、人文学者と計算機科学者とが協働作業をする際に、研究目的の違いも相まって、当時も今も簡単には埋められません。ある実例として、固有名は外しますが、日本における文理融合の先駆けの研究機関で働いていた工学者が退官を前にした講演で、人文学者には話が通じない、と告白しました。当時、人文情報学に本格的に取り組み始めたわたくしにとり、30年近くも文理融合の現場で働いていた工学者の感想として文理融合を否定する旨の発言は衝撃的でした。わたくしも文学部の出身ながら工学系大学院で学んだ経験から、文理の壁は厚いことを身をもって知ってはいたものの、これから学際領域で何かしらの貢献をしようと考えていた矢先に聞いたこの講演のインパクトは大きいものでした。また実際に、人文情報学の活動を始めてみると、例えばカリキュラムを検討する会議においてプログラミングは教育の対象とはならないという意見が普通にあることに驚き、「融合」が目指す先はどこにあるのかと悩んだこともあります。

このような文理融合の難しさについてはこれまでも多くの人が指摘しています。有名なものとしては、18世紀の科学・技術革命の時代から現在に至るまで、科学・技術が成果を上げるにつれ、いっそう文理の対立が激しくなっていく様子を指摘したスノー（C.P.Snow）の講演〝The Two Culture and Scientific Revolution〟[*59]があります。それでも、人文学に計算機科学の手法を導入する可能性はあるのではないのかと考えているのが人文情報学に携わる研究者です。少し楽観的な見通しを紹介すれば、多様な文化に価値があることを知る人文学者であれば、科学的手法やその価値観をありのまま受け入れ、自らの人文学の領域との融合を目指すという困難さに苦労は感じないと思います。

When we measure the properties of style we measure the man himself, his reason, his ***logos***.

*59　C.P.Snow（1962）*The Two Culture and Scientic Revolution*, Cambridge University Press

Surely what I have proposed is a more terrible thing even than any possible menace to our human supremacy exerted by electronic brains.（p.13）

「文体を調べることは作者そのものを調べていることである。ここで提案している内容は、人を凌駕する計算機を超えようとする試みである。」

All these developments, and others equally breath-taking, suggest that it cannot be long before computers will undertake successfully the most delicate and complex programs of stylistic analysis.（p.14）

「計算機が文体分析を始めるまでには、まだ時間がある。」

I am only suggesting that the "scientific revolution," which is being created without much help from us, is probably the greatest single fact of our century;（...）that if we learn to exploit its potentialities we shall be serving the cause of the Humanities in the best possible way.（p.14）

「計算機は我々の手の届かぬところで進化しているけれども、計算機は今世紀の重要な存在となる。計算機の可能性を学ぶことは、人文学にとり重要である。」

ここでは、計算機との競争という比喩を使い、計算機との共存を探る必要性を説いています。計算機の必要性を前提として、人文学者が何をすべきなのかを謙虚に考える姿勢が伺えます。そして、新しい知的な道具の登場に心から期待をしている姿も垣間見ることができます。人文情報学が現在まで続いている背景として、計算機の応用範囲を探るといった実利的な面だけではなく、このような研究者の素朴な期待があったからからこそ、研究初期の段階が立ち上げられたことがわかります。

次に、この雑誌に収録されているもう一つの論文［Fogel, 1962］を見てみます。

The year 1957 witnessed three independent developments; 1) Paul Tasman, with Roberto Busa, 2) John W.Ellison, and 3) Cornell University with S.M.Parrish as General Editor.（p.16）

「１９５７年の時点で、コンコーダンスは３つの独立したグループで作成されている。」

タスマンが１９５７年に言語工学・言語科学を提唱した時点では、まだ数えるほどの団体しかコンコーダンス作りを試みていませんでした。１９６０年代になると人文学への応用の試みは本格化し、多くの人文学者が資料の電子化を経験してゆきます。

The scholar is the key person in the development of specific programs to process literary data. It is he who must define goals for research and arrive at the most rational procedures for achieving these goals. His indispensable colleague, the computer-engineer, cannot move forward until the scholar himself knows what he wants to do. On the other hand, the scholar must have some awareness of how a literary text is prepared for computer-processing.（p.19）

「人文資料の処理を発展させるキーパーソンは人文学者である。データ処理研究の目標を定めるのは人文学者であり、そこに到達する道筋を見いだすのも人文学者である。人文学者が何をすべきなのかを示さない限り計算機の技術者は何もできない。人文学者は、どのように人文資料を計算機処理のために作るべきかを知る必要がある。」

ここは極めて重要です。ＤＨの勘所であり、多くの問題点の根本要因が、この場面に集約されています。例えば、電子資料を作る作業は電子的な成果物を作ることであり、多くの場合ソフトウェアを作る時に採られるいわゆるシステム開発と同じ行程を踏むことになります。すなわち、要求分析、設計、開発(作成)、テストの4段階です。[*60] ここでフォーゲルが言及しているのは、要求分析の時に、人文学者が自分がなにを求めているのかを明確に示し挙げ尽くさないかぎり、満足のいく結果は得られないということです。先に、ある工学者が人文学者には話が通じないと発言した背景にも、この状況と関係するものがありました。何を求めているのかがはっきりされていないうちに、システムを作るらざるを得なくなっても、最後の評価で、使えない・理解していないと酷評される、という事例があったようです。これは人文学者を相手にしたシステム開発にのみ起こり得るものではなく、どのような物作りにおいても、利用者の要求、利用者の運用状況、利用者が無意識に持つ文化的な前提などを理解しておかないと、よい製品は作れません。芸術的な作品であれば、受容の範囲を超えない意外性や驚きは受け入れられます。しかし、実用の対象物では、違和感の範囲はとても狭く、しかも無意識に持つ要求という無茶な要求にも応える必要があります。人文学者は、物作りにおいてこの要求分析がとても難しい作業であることをよく知り、この分析を成功させるためには、自らが厳しく自分たちの希望を問い直し、整理するという作業が必要であることを理解することが大切です。人文情報学のプロジェクトの成否の多くは、この段階の精度で決まるといってもよいと思います。

*60 電子資料を作る工程は、ここで紹介したシステム開発とは異なる場合もあります。要求分析ができない状況下での制作という、特殊であり、また人文情報学ではよくあるケースです。この解説は別稿に譲ります。

For the rest of this paper, I should like to suggest the kinds of aid that philology, texual critisism, concordance-making, enumerative bibliography, and cannocical studies can support from data-processing machies.（p.20)

「古典的人文学、文芸批評、コンコーダンス作成、計量書誌学、正典研究において、計算機は如何に有用であるかを示そう。」

これらの例として、以下のようなケースが挙げられています。

「コンコーダンスを作成する際には、どのテキストを元に作成するか、電子化するにあたりどこまでテキストを正規化（修正）するか、ト書きは電化の対象であるのか、どこまでのコンコーダンスを作るのか、脚本や韻文はコンコーダンス作成の対象となるのか、元テキストの作者に関する情報はコンコーダンスの作り方でどのような判断材料となるのか、などを検討する必要がある。」

実際に資料を自分の手で電子化すると、ここに紹介されているような項目はすぐに思いあたります。もしみなさんの周りに電子化する資料が見当たらないようであれば、例えば、学校の授業で自分が書いたノートを電子化の対象としてみてください。板書や先生の発言を書き留めた手書きのノートを前にして、これを電子資料にすることを考えてみると、すぐにいろいろな検討項目が思いつくでしょう。[*61]

このように、人文学者が自らの手で資料の電子化を始めたときに素朴に感じたことが、この論文には活き活きと記されています。残念ながら、現在の人文情報学の論文では、このような素朴な感想は殆ど見られません。当たり前すぎるというのが理由だと思います。はじめて人文情報学に接し、しかも電子資料を自らの手で作った経験のない人にとっては、この種の意見に出会う機会が失われています。多くの電子資料が簡単に利用できるようになっていても、自らの手で資料を電子化することは人文情報学を学ぶ際にとても重要です。

このようなコーパス作りは、１９６０年代になると各所で始められてゆきます。それらのひとつの頂点として、アメリカのブラウン大学が作成したブラウンコーパスが生まれます。これは１９６４年に公開され、１９６７年にその報告書が出版されました。[*62] その後のコーパス作りの様子は、前著『人文情報学への招待』で紹介したとおりです。[*63]

＊61　そして多くの場合、途方に暮れてしまうと思います。そこに人文情報学の難しさがあり、おもしろさが含まれています。

＊62　前著『人文情報学への招待』では１９６７年に誕生と紹介していますが、あれは間違いです。前著には他にも誤字・脱字はありましたが、この誤記はとても重要であることから、訂正しておきます。

＊63　原書18頁にあります。

7　計算機科学者の夢（1962年）

計算機はその誕生からおよそ10年の間に、現在ある計算機とほぼ同等の形態を作り上げてきました。計算機は1950年代に誕生し、1950年代の終わりには機械としての完成を遂げたといえます。そして計算する機械としての役割を終えた計算機は、1960年代以降、新たな処理対象を求めて応用の範囲を広げてゆきます。これは同時にソフトウェア開発へと研究の焦点を変化させてゆくことも意味してい

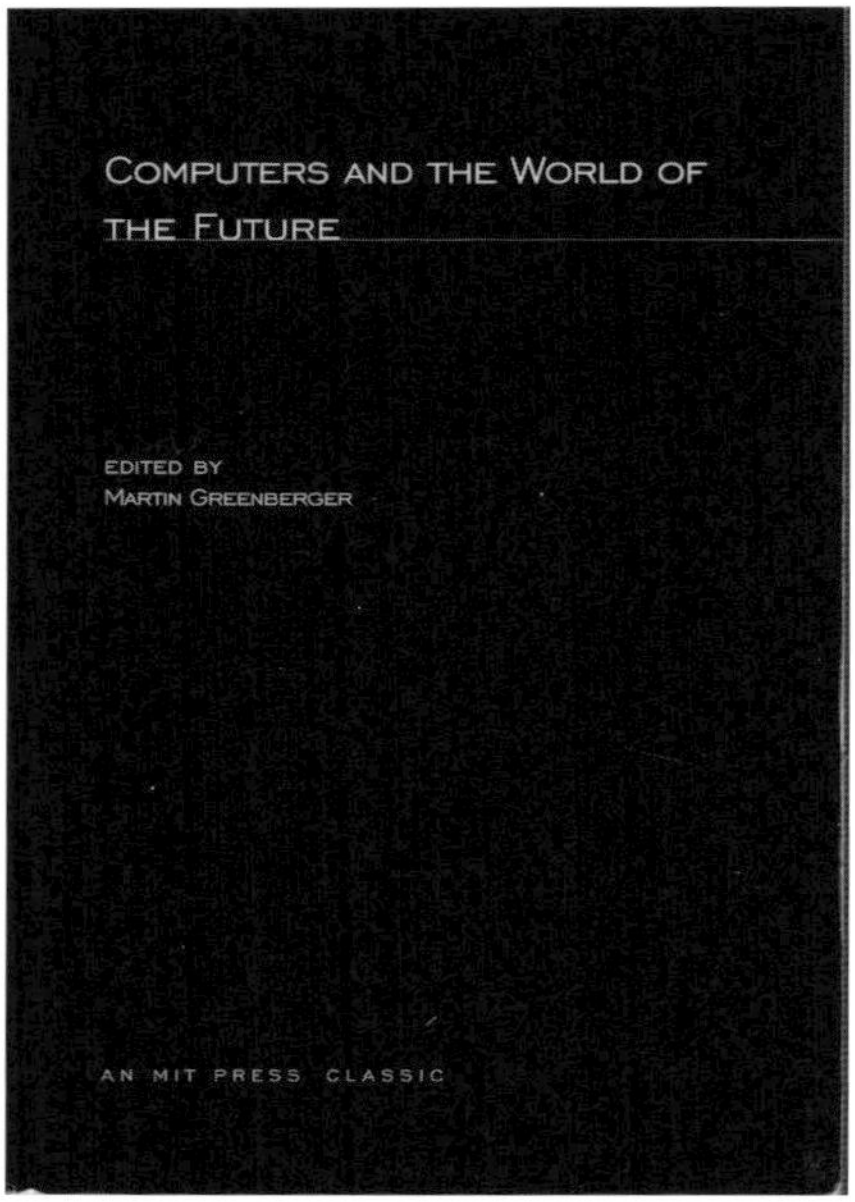

図8　Greenberger 1962

1 C.P.Snow, Scientist and Decision Making
2 J.W.Forrester, Managerial Decision Making
3 H.A.Simon, Simulation of Human Thinking
4 J.G.Kemeny, A Library for 2000 A.D.
5 A.J.Perlis, The Computer in the University
6 J.McCarthy, Time-Sharing Computer System
7 G.W.Brown, A New Concept in Programming
8 J.R.Pierce, What Computers Should Be Doing

図９　目次（Greenberger 1962）

ました。ＩＢＭは計算機の販路を広げるべく、計算機の新たな市場を模索し始めます。ここに紹介する書籍 *Computers and the World of the Future*（図８）[*64]は、ＩＢＭが１９６１年にＭＩＴで開催した８つの講演会を記録したものです。この資料は人文情報学について語るものではありません。しかし、当時の第一線で活躍する分野を超えた研究者たちが計算機の未来を思い描くとき、そこに人と計算機の関係性を探っていたことが分かります。これはまさに人文情報学の視点です。この資料は、当時の計算機科学者が計算機の未来を純粋に心に描いていた様子を知ることができる、人文情報学にとっても貴重な資料です。総数３４０ページで、目次は図９のようになっています。この小冊子では、１、５、８回目の講演を紹介します。

Scientists and Decision Making（C.P.Snow）

スノウは、前述した１９５９年の講演“The Two Culture and Scientific Revolution”で、理系と文系の２つの文化の違いが存在することを紹介し、その統合を提唱しました。スノウが登場したことでこの回は、人文学と計算機が融合するための問題点を提示する機会となっています。しかも、計算機開発を担った一流の研究者がこの講演には参加していました。かなり面白い討論が繰り広げられています。

＊64 M.Greenberger ed.（1962）The MIT Press

Nevertheless, tonight for once in my life, I feel just a bit of an intellectual Luddite. For I am going to raise two questions of doubt as to the effect of the computer on decision making, particularly decision making in relation to scientific problems. I am not putting it more forcefully than this because I do not want you to think that I am fundamentally pessimistic on the topic.（p.5）

スノウは、計算機を意思決定に使うことに疑問を呈してゆきます。

As a general rule, very small groups of people are less wise than larger groups of people.（p.10）

「一般に、少数のグループは多数のグループに比べて、意思決定に誤りを犯す。」

私たちは民主主義の社会で生活していることから、社会・共産主義といった投票という仕組みがないまま少数の人間が意思決定をする社会には、異様さを感じます。スノウの心配をより深く理解するためには、社会の意思決定と政治体制の違いがどのような価値観の元にあるのかを知ることが欠かせないことから、その価値観の違いを少しだけ解説しておきます。

「船頭多くして船山に上る」「会議は踊る」という言葉もあるように、多数の参加者による意思決定が、必ずしもよい結論を生み出す保証はありません。時には結論を出すことすらできない事態も起こります。民主主義では、自らの意見を出し合うことに終始したり、ある気分に流されて物事を決めたりすることもあります。一方で、社会・共産主義体制の元では「賢人政治」すなわち能力ある少数の人物がものごとを決めてゆきます。従って、どちらかといえばエリートが好む体制がこの社会・共産主義体制です。[*65] 民主主義は「素人政治」と呼ばれることがあるように、みんなが平等に1票の権利を持っています。普通に考えると、政治をよく知る人物に社会の運営を任せる方がより安全であるように思われますが、歴史からの教訓はその逆のものでした。人は必ず間違いを起こします。これは賢人でも同じことです。このような間違いを起こしたときに、少数による決定よりも多数による決定の方が誤りの揺れを少なく抑えることができます。もう少し正確に言えば、少数による体制は過ちを正す前に徹底的に過ちを遂行してしまう、というのが正しい表現かもしれません。このような信念のもとに選択されているのが民主主義です。スノウは、民主主義の根幹に関わる機能に計算機が介入することへの不安を示しています。

I am asking whether we are now running into a position where only those who are

---

＊65　このような思想はかつては孔子が説き、チャイナ文化には今でも色濃く残っています。また日本でも江戸時代に武士が儒教としてこれを学びました。

concerned with the computer, who are formulating its decision rules, are going to be knowledgeable about the decision.（p.11）

「計算機に携わる少数の人々が意思決定に関わることになるのだろうか。」

Otherwise, the obvious and glaring danger is that the individual human judgement is going to take a part which get smaller and smaller as the years go by.（p.12）

「個人が意思決定に携わることは、確実に減ってきている。」

It is not only that I am afraid of misjudgments by persons armed with computing instruments; it is also that I am afraid of the rest of society's contracting out, feeling that they have no part in what is of vital concern to them because it is happening altogher incomprehensibly and over their heads.（p.13）

「計算機に携わる人だけでなく、このことに気づく人がどれだけ一般の人にいるのかも心配である。」

I believe that the computer is a wonderful subject and a tool from which we can get great service. But if we let the individual human judgement go by default, if we give all the power of decision to more and more esoteric groups, then both the normal and intellectual life will wither and die. (p.13)

「計算機は素晴らしい道具であるが、意思決定が人間によってなされ、それが少数の人々の手になるとき、知的な生活は死に絶えてしまうだろう。」

スノウが危惧する究極の世界とは、かつての国王に代わり計算機がその役割を担っている世界です。これは新たな社会・共産主義体制への変化ではないのかという不安です。現在では多くの場面で計算機がわたくしたちの行動を決めています。飛行機や自動車の自動運転などのように、安全な生活のためにはもはや計算機の判断に多くを委ねることが最良の選択になってきています。スノウの心配は、当時よりも現代の方がより深刻であるといえるでしょう。計算機に決定を委ねることをもはや止めることはできません。また前著『人文情報学への招待』で紹介したようなインターネットによる新しい情報流通の仕組みも止めることはできないでしょう。ネット上では新しい民主主義の世界が作られてゆく一方で、現実世界では社会・共産主義社会がネット技術を利用して人民を統制しようと試みています。また現実の民主主義社会でも、社会の安全のためにプライバシーの範囲を減らして統制を強めてゆく、社会民主主義ともいえる試みが広がっています[*66]。未来の世代に向けて、わたくしたちは考えなければいけないことが沢山あります。

モリソン（E.E.Morison）

Everybody, or almost everybody, seems a little uneasy about this, and why not? This is man's first encounter outside himself with something that is exactly like some inside part of himself. It is not, as many other machines have been, like this arms or hands or legs in the work it does, it is like him.（p.19）

「多くの人が、計算機に不安を感じている。それは我々人類にとって計算機は人間の内面的な何かを支援する初めての機械だからである。従来の機械は、人の外的な何か、例えば、手や足などのようなものを補う何かであった。ところが計算機は、その人そのもののような存在である。」

モリソンの指摘は計算機に不安を覚える理由の核心でしょう。記号や情報を扱うものとして計算機は人間に似過ぎているのです。

ウィーナー（N.Wiener）

ウィーナーは、「サイバネティクス（Sybernetics）」を提唱したことで有名な計算機科学者です。サイバネティクスとは、情報の循環システムのことで、現在でいう「制御」に相当する概念のことです。センサーからデータを感知して、それを元に出力が決められ、その出力の結果をさらにフィードバックして、動きの精度を高めてゆくシステムのことです。日本の工学ではこれを「アクチュエータ」ということがあります。また、新たな用語を安易に生み出すことを嫌う研究者は単に「システム」と言及することがあります。このように用語は様々ですが、要は入力・処理・出力という単純な手順ではなく、結果（出力）がフィードバックされ再び入力となることを含めた一連の動作を前提とする仕組みのことです。

ウィーナーはここで「猿の手」という話を紹介します。この話は彼の引用として、他の書籍でもよく紹介されています。彼が示した挿話は、人工知能研究における警鐘として有名な話です。「あるお守りは、3つの希望を叶えてくれるという。ある人がそのお守りに200ポンド欲しいと願うと、彼の息子が亡くなり、その死亡金として200ポンドを手にしてしまった。彼は2つめの願いとして、息子を生き返らせて欲しいと願うと、息子の亡霊が現れて、家の扉を叩くの

＊66　この論議の最新の状況は角川書店のシリーズ『角川インターネット講座（全15巻）』から知ることができます。世界的にみても良質な論議がされています。

である。そして彼は最後に3つ目の願いとして、息子の亡霊をどこかにやって欲しいと願った。」

It will give you what you ask for, not what you should have asked for, nor necessarily what you want. This will most certainly be true about learning machines.（p.24)

「計算機は、人が頼んだことをそのましてくれるが、本来頼むべきであったことをしてはくれない。この話が示すことは、機械学習を考える上でも当てはまるものである。」

So there are real dangers here. Is there any way of partically overcoming these dangers? The importance of learning machines is not how they act as pure machines, but how they interact with society.（p.24)

「ここに計算機を使う怖さがある。この種の危険を回避する方法はあるのだろうか。機械学習において重要なことは、どのように機械そのものが行動するかではない。機械が人間社会のなかでどのように振る舞うかが重要である。」

It is at least theoretially possible to transfer values from the human being to the machine in such man-machine organizations. I think that the possibility of reproducing humann values is of great importance, but in itself has dangers too.（p.25）

「理論上、人が持つ価値観を機械が入力する（生み出す）ことは可能ではあるけれども、人の価値を機械が判断する（生み出す）ことには危険がある。」

計算機は常に正しい行動をとります。その正しさは、人が計算機に命令する内容を元に判断されます。従って、計算機が間違った行動をするとすれば、それは人間が間違った命令を伝えたからに他なりません。映画『２００１年宇宙の旅[*67]』では、宇宙船を司る計算機ＨＡＬ９０００が、宇宙船の中の宇宙飛行士たちを殺してしまいます。ＨＡＬがそのような行動をとってしまったのは、ＨＡＬが製造されたときに与えられた命令と、宇宙飛行士がＨＡＬに命令した内容とが矛盾していたため、その解決としてＨＡＬは命令の優先順位を計算した結果、宇宙飛行士を排除するという合理的な行動を採ったからです。ＨＡＬは間違ってはいなかったのです。

サイバネティクスを提唱したウィーナーは、フィードバックを含むシステムの中に人間を含めたとき、そのようなシステムの中でフィードバックを機械と人間が同等に受け取ることには危険

＊67　*2001: a space odyssey* １９６８年公開。

があると警告しています。価値観の違いが問題となるからです。ウィーナーの発言として考えると、これは極めて重い警告です。人は計算機のような正確さを持たないからか、または計算機が人のような価値判断をなしえないからなのか、ウィーナーがどちらの理由を想定したのかは分かりません。少なくとも、異質のものが同一システムに組み込まれることに危険性を感じていたようです。人間と計算機では価値判断の基準に違いがあることは、よく考えておく必要があります。

I am certain that a great deal of the use of gadgets for decisions, as it exists now and as it may exist evern more in the future, is motivated by this desire to avoid direct responsibility. (p.26)

「人が機械を意思決定に使おうとする理由として、決定そのものに直接関与したくないという気持ちがある。」

これはウィーナーの卓見でしょう。ウィーナーの人物評の中には、目立ちがり屋など、あまり良くない話があるものの、このような発言からすると彼は鋭い人間観察ができる人物であったことが伺えます。出自が怪しい情報でも、それを数値化してしまえば、数値から語らせることで、自分の判断であることを隠し、結果として自己判断の責任を逃れようとすることは、実社会でも、そして残念ながら研究の世界にも存在しています。一般に「とりあえず形を整える」とよばれる対応方法です。そのような道具として計算機を使うことが出来るというのがウィーナーの指摘です。

さらには、ウィーナーは、以下の指摘をします。

There is one thing about the machine; the machine habit is like the liquor habit. If we drink enough of it, and we already have, it is an awfully hard thing to stop.（p.28）

「機械を使うことには中毒性がある。」

本来は使う必要がなかった時間までも機械を使うことに費やすという中毒性・習慣性により、いっそう人間の活動の時間を消費してしまうことを予見し、警告しています。これもかなりの卓見です。恐らく、計算機科学者として誰よりも長い時間計算機に触れてきた自らの体験からこのような予想を導き出したのでしょう。もしかするとウィーナー自身も、中毒性を感じていたのかもしれません。ちなみに精神科医の岡田尊司氏によれば、計算機を「必要もないのに手持ち無沙汰で使ってしまう」という状態になった時点で中毒になっていると指摘しています。[*68] みなさんも、計算機やスマートフォ

＊68　岡田尊司（2014）『インターネット・ゲーム依存症』文藝春秋。

ンの使い方が中毒症というれっきとした病気にならないよう、気をつけてください。

You may ask "Why can't we make the learing machine 'safe'?" The answer is that "safe" is a human value, and the machine cannot very easily state what safe is without reference to man.（p.31)

「なぜ機械学習が危険かといえば、安全は人の価値観だからである。機械は人に問い合わせずに何が安全なのかを理解することはない。」

Googleが開発した人工知能は、人間が何も教えずとも自ら学習し「猫」を見つけ出すことができました。[*69] 但し、人工知能が学んだものが「猫」であるのかどうかは、わたしたちが「それは猫です」と教えなければ、人工知能はそのように理解しません。意味の単位を状況から見つけることには成功しました。[*70] しかし、それが人間にとって意味を持つものであるかどうかの認定には、やはり人間の指示が必要になります。[*71] このような学習は「猫」に限らず「危険」という意味を持つ状況についても同じであるということです。もちろん、人の行動を観察することで、例えば、「避けている」という事態や物体をGoogleの人工知能は気付くかもしれません。但し、そのためには、人が「気付く」ために観察している情報を、全て符号化・電子化して、機械に与える必要があります。そのような事態に対処すべく、ＩｏＴ（Internet on Things）やフィールド情報学のように、あらゆるものにセンサーを付けてそこからの情報をインターネット上で共有する試みがあります。人の動きをできる限り記録してしまいビックデータとして処理しようとする試みのことです。それでも「気付き」の元になる情報を人間は必ずしも上手く受け取れていないという事態がある限り、計算機が示し出した「気付き」の情報を人は理解できないかもしれません。[*72]「気付きの能力」とは、いわゆる「コミュニケーション能力」と呼ばれるものです。この能力は個体差が大きく、また社会的な価値基準との兼ね合いからも決まることから、明確な能力の測定は難しいものです。すると、計算機が算出した気付きの結果で人が受け入れられるものを決める作業は、社会的にはとても難しいものとなります。

Another point is that since we do not have full control over the learning machine, as

---

＊69　Q.V.Le（2012）"Building High-level Features Using Large Scale Unsupervised Learning", *Proceedings of the ICML*

＊70　もちろん、このようなことが実現すること自体がGoogle のすごい研究成果です。

＊71　ちなみに、言語学では、この現象を「言語の恣意性」という概念で既に定義しています。詳しくは言語学の書籍、または前著『人文情報学への招待』をご覧ください。

＊72　ある無意識の行動が原因で失敗するのだけれども、計算機がそれを発見しても人はその意味を理解できずに捨ててしまえば、過ちは繰り返されるということです。では、理解できていなくても計算機の出す指示にわたくしたちは従ってゆくことができるのか、わたしたちは問われています。

illustrated by the checker-playing machine's defeating the man who programmed it, the unsafe act may not show its danger until it is to late to do anything about it. It is possible to turn the machine off, but how are we to know when to turn it off? (p.32)

「機械学習の怖さのもう一つは、運用しながら、つまり機械の経験値を上げるために運用をするという状況下では、危険が起こったときに初めてその危険が定義されることになり、この最初の危険は避けられない。」

これは少し機械には不利な意見でしょう。人も一度は失敗しながら物事を学んでゆきます。その失敗を記録し後世に伝え、それを知識として学ぶことで失敗を避けることもできます。但し、人間は機械よりも短命です。もちろん、機械よりも人類の歴史は長いですから、初めての危険に遭遇する確率は歴史上の人類よりも機械の方が高いです。しかし、この時代に生きているわたくしたちが歴史から危険を学んでいるかというと、そうでもありません。２０１１年3月11日の東日本大震災の時、東北の海岸線にあった旧街道は津波の被害を逃れました。歴史的には危険を回避できていたところがあります。しかし、いまに生きる高々3世代の人間が生きた歴史の蓄積からは、これらの危険を学ぶことには限界がありました。人にとって歴史上の知識と生きた知識とは同じくは扱えないのです。一方、計算機は情報をもれなく次世代に継承する能力を持っています。１００年前の知識もリアルタイムで生み出されるセンサーの情報も同じく扱うことができます。[*73] このように考えてゆくと、機械の方が人間よりも安全であるという判断も可能になってきます。この論議においてもわたくしたちは、矛盾する命題を抱えることになります。計算機を意思決定に参加させない方が良い、ところが危険を判定する能力は機械の方が長期展望の元では信用することができることから機械が下した警告という意思決定に従うべきである、という矛盾です。

The Computer in the University（A.J.Perlis）

パーリスは、大学における計算機科学の教育について論じています。ちなみに、計算機科学の教育とはプログラミング教育のことです。ところが日本ではそうではありません。文書作成ソフトや表計算ソフト、スライド表示ソフトなどの「使い方」を学習することや、いわゆる情報機器の「使い方」を学ぶことが、計算機科学を学ぶことと一般には理解されています。パーリスは計算機科学の学習は文系の学部においても必須のものであるべきと説いています。

In a liberal arts program the course could be delayed until the sophomore year, but

＊73　面白いことに、科学革命に背を向けて非現実の世界に逃避した古典的人文学（philology）と同じく、時代や地域や言語を超えて情報を同じく扱うことが、人を凌駕する力になっています。

certainly deserves inclusion in such a program because of the universal relevance of the computer at out times.（p.188）

「文系の学部におけるプログラミングの授業は2年次から始めてもよい。但し、必須ではある。」

A course in programming, on the other hand, if it is taught properly, is concerned with abstraction: the abstraction of constructing, analyzing, and describing processes. It is not the particular problem content of numerical analysis or analyzing a statement which is important. Rather, it is possible to skip from problem area to problem area and stabilize on the concept of process design and analysis. Thus in a programming course, much more than in any of these other courses, it is possible for the student to abstract ideas form the particular examples given.（p.210）

「プログラミングを学ぶことは、抽象化を学ぶことである。抽象化は数値化以外の分野でも、問題解決において重要な手順である。」

プログラミングの世界で、ある事物を抽象化するという手順は、計算機で扱う部分単位を決めることと、それらの部分単位を何らかの規則（構造）で組み立て新たな単位として抽象化するという、２つの作業から成り立っています。前者の側面は「分割統治法」とも呼ばれます。そして後者の方が、パーリスのいう抽象化になります。プログラミングの学習を通して、問題の構造化、分析・説明などの手順を抽象化することを学びます。抽象化という作業のなかでは、問題領域を変化させたり、視点を変えたりすることで、分析の手順をより明らかにできることがあります。プログラミングを通してこのような問題解決の手法を学ぶことは、特定の事例から、より抽象的な知見を得る手順を学ぶことにもなり、計算機科学に限定される知識ではないということです。この考え方は、プログラミング学習のかなり本質的な意義を示していると思います。

ここで少しだけ、プログラミング学習について寄り道をします。人文情報学では、パーリスが主張するように、プログラミングの学習は遍く学習されるべきである、という主張がなされます。しかしこれは、プログラミングの学習は義務教育から始めるべきである、さらには小学生の時点から導入される、という考えに敷衍されるものではありません。わたくしは、プログラミングの学習は小学校で始めるものではないと考えています。[*74] 理由は、学習段階が間違っていると思われるからです。計算機科学やプログラミングには、記号処理という数学の側面があります。日本では数学は哲学のように扱われていますが、本来、数学は物理的な現象を説明するための言葉として開発されて

*74　もちろん、趣味の世界は別です。

きました。つまり、数学的な概念には、必ず現実の事物や事象が前提とされているのです。もちろん、数学の中には純粋数学のような、例えば数論を代表格に数学のための数学も開発されてきました。しかし、数学教育の根本に現実世界があるというのは現在でも息づいている哲学です。従って、記号操作の道具である計算機やプログラミングを学び始めるのは世にある事物の理解を進めた後で、また数学の学習でいえば文字式を学んだ後で始められるのが筋だと思います。[*75] すると、課程上からはプログラミングは中学校から学び始めることが相応しいことになります。[*76] 同様の事例は、電子教科書の導入時期にもあてはまります。手で感じる・学ぶ学習、そのような運動や皮膚感覚から学ぶ物理的な世界観が、その後の抽象世界を確立する前提となるという理解があれば、手で学ぶ・運動や皮膚感覚から得られる世界観を学習する時間をどのように確保するのか、電子教科書の導入時期と合わせてもう少し論議が必要であると思います。

マッカーシー（J.MacCarthy）

Prior to the development of digital computers, one did not have to state procedures precisely, and no languages were developed for stating procedures precisely.（p.211）

「計算機の出現により、われわれは初めて、作業手順を明確に記述できる手段を手に入れることができた。」

これは計算機の隠れた利点です。言葉では明確にはできない、数式では物足りない表現力を、プログラミング言語によりわたくしたちは手に入れました。特に、時間を伴う物事の動きを示すとき、プログラミング言語はきわめて明確に詳細を記述することができます。ここで私的な告白をしてみます。わたくしはプログラミングに集中していると、その期間中、世の中のあらゆるものが、プログラミング上の単位であるオブジェクトに見えてくることがあります。自動車、歩道、信号、歩く人、そこらの流れがオブジェクトに見えて、すべてがプログラミング言語で表現できると感じてしまうのです。映画『マトリックス』のように人や街が「10110101l」というビット列で作られていて、それを全てプログラミング言語で表現できると感じてしまう感覚を持つことがあるのです。もちろん、こんな状態は異常で、自分がマッドサイエンティストになっていることは自覚しています。人間性が表現されないプログラミング言語で全てを記述できると考えるのは間違いです。それでも、そう感じてしまうのは、プログラミング言語のもつ表現力が、自然言

＊75　具体の世界から抽象の世界への移行でプログラミングが役に立つとする意見もあるようですが、これはプログラミングの記号処理世界の理解に現実からのメタファーを使うことが難しく、それがこれまでのプログラミング教育の大きな障害であったという事実を無視した考えであると思います。

＊76　早熟化を理由にカリキュラムの低学年化を主張する方もいるようですが、言語の獲得能力に特段の低年齢化が見られない状況では、子供の認知能力の発達に変化があったとは思えません。プログラミングを小学校で必須化するよりも、よほどピアノを必須化した方が知的能力の高い子供が増えてくるはずです。結局、日本の産業構造に教育が支配されているということなのかもしれません。

語や数式には無い、全く新しく強力であることが、このようなものの見方を生んでしまうことは確かであると思います。個人的には、プログラミング言語の持つ、時間を伴う事物の動きを示す記述力を、別の方法で実現することに関心をもっています。[*77]

What Computers should be doing（J.R.Pierce）

ピアスは、資料が電子化されていないと何もできないと主張し、電子化の手法の研究が重要であると説いています。この講演では、アメリカの戦時研究を統率したブッシュ、人工知能の先駆者であるマッカーシーとミンスキー、情報理論を確立したシャノンらが議論を交わしています。大変面白い内容になっているのですが、紙面の都合からピアスの発言を1つだけ紹介します。

Now about the programmers as intermediaries; this is indeed bad in the routine use of computers, but the way it is overcome is not by learning programming without trying, nor is it by writing more powerful languages that will enable one to assail problems that no one has approached yet. It is by writing very simple languages which enable the engineer to use the computer to simulate electrical equipment, which enable the equipment builder to determine where the modules should go in the assemblies in order to minimize the length of wire required, and which enable the designer to design logical circuitry without the customary mental pain.（p.316）

「計算機を使いこなせるといえるには、プログラミングを習得することが必要で、そのためには難しいことを学んだり挑戦したりするのではなく、自分の仕事に必要となる、簡単なプログラムを書いてみることが一番の近道である。」

プログラミング学習の王道ともいえるでしょう。本来、言語は文法書から学ぶものではなく、生きた言葉から学ぶものです。これは日本語や英語のような自然言語に限らず、プログラミング言語のような人工言語・形式言語においても同じことです。もちろん、先人が知識を体系立て整理してある文法書はとても役に立ちます。但し、文法書はあくまでも学ぶべき方向を見失わないための案内程度のもので、より大切なものは使われている言葉・言語そのものです。習うより慣れよ。プログラミングの学習では、どの言語でもどのような目的でもよいですから、自分が実現したいものを実際に書いて動かしてみることが理解への近道です。

ＩＢＭが開催した一連の会議では、当時の一流の研究者が自らの経験をもとに計算機の未来像

＊77　とりわけ、言語の意味を規定する手段として関心があります。これはかつての状況意味論などの試みにも通じるものです。

を大いに語り、また会場に参加する研究者とも意見を交え、盛り上がっていたことがこの資料から分かります。もしかすると計算機の未来を語る機会を参加者が欲していたのかもしれません。ちょうどわたくしたちがインターネットや人工知能の可能性を論議している状況と似ていたのでしょう。

8　IBMが描く人文情報学（1964年）

IBMは、計算機の応用分野の可能性について外部の研究者から意見を求め始めたように、1957年にタスマンが提案したテキスト処理・言語工学という新しい研究分野の可能性についても、外部の研究者すなわち人文学者に意見を求める機会を設けました。その会議の記録がここで紹介する *Literary Data Processing Conference Proceedings September 9, 10, 11-19*[*78]です。これは、人文情報学に関する初めての本格的な会議といえます。人文学と計算機の融合の可能性を論じるというスタンスでありながら賛否が混じりあい、また初めての会合という高揚感も感じることができる面白い論集になっています。序文には、「この資料は、1964年9月9~11日の3日間、ニューヨーク州にあるIBMのワトソン研究所で開催された会議の記録で。テキスト研究（Literary Research）についての可能性を検討するものである」と紹介されています。なおこれ以降では、著者・

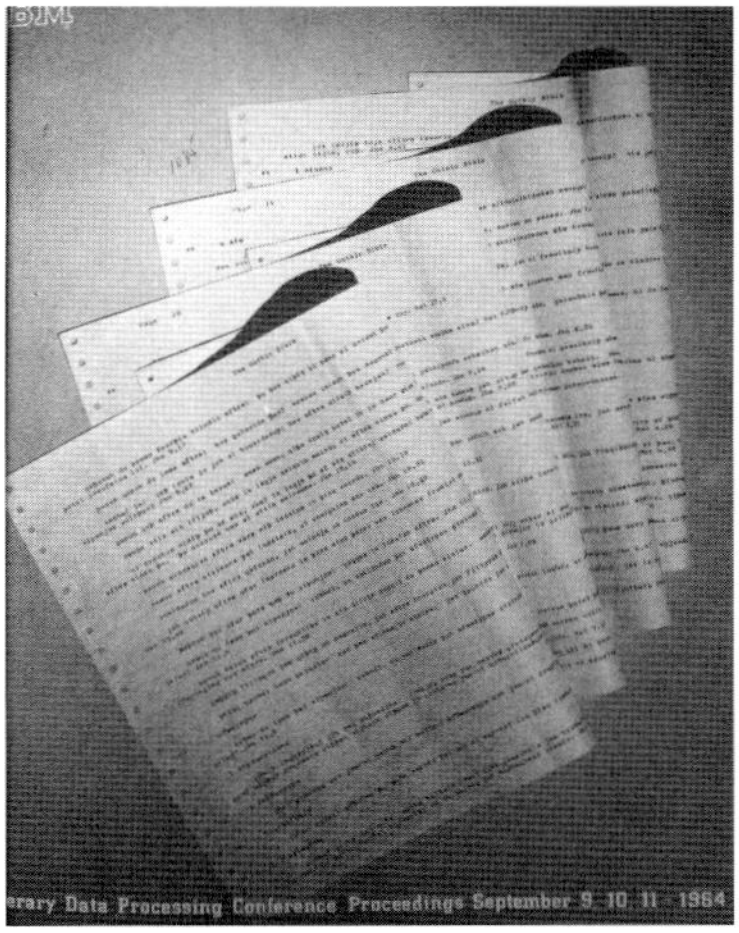

図10　IBM 1964

*78　IBM Data Processing Division, (1964)。

発言者のカナ表記はわたくしが判断して決めたもので、原音を示す保証はありませんことをお断りしておきます。目次は図11のようになっています。

1 The Humanist and the Computer: Vision and Actuality (E.G.Fogel)
2 Homer, the Humanities, and IBM (J.T.McDonough)
3 Litterae ex Machina (A.Markman)
4 Some Risks of Technological Overindulgence for the Humanities (L.T.Milic)
5 An Inventory of Fifteen Million Words (R.Busa)
6 A Standard Corpus of Edited Present-Day American English for Computer Use (W.N. Francis)
7 The Computer seen as a Technological Aid to Humanities Research in the Index to the REVISTA DE FILOLOGIA Española (A.M.Pollin)
8 A Proposed System for the Collection, Correction, and Rearrangement of Large Masses of Data (J.Heller)
9 A Computer Program ot Generate a Text Concordance (P.H.Smith)
10 Computer-Made Concordances to the Works of the Early Christian Writers (J.K.Siberz and J.G.Devine)
11 A Word-Index and Dictionary to the Old High German Glosses (J.C.Wells)
12 Implecations of the Cornell (J.A.Painter)
13 The Preparation of Literary Tedt for Multiple Automated Studies: Comprehensive Identification and the Provision of Discriminants (T.Clayton)
14 The Use of a Computer in Analyzing Dryden's Spelling (V.A.Dearing)
15 Some Parameters for Computational Stylistics: Computer Aids to the Use of Traditional Categories in Stylistic Analysis (S.Y.Sedelow)
16 A Computer-Aided Investigation of Literary Influence: Milton to Shelly (J.Raben)
17 An Algorithm for Locating Multiple-Word Co-occurence in Two Sets of Texts (S.Goodman and R.D.Villani)
18 The IBM 1620 as a Tool for Investigating Principles of Auto-Abstracting (M.H.Wolf)
19 On Optical Character Recognition (R.J.Potter)
20 Report of Preliminary Discussions of Automatic Context Analysis
21 Report of an Informal Meeting on Standard Formats for Machine-Readable Text

図11　目次（IBM 1964）

Summary（C.M.Parrish）

会議全体の報告をパリッシュがまとめています。

We want accurate texts, we want a close understanding of the origin of the texts, we want objective criticism, we want to be able to analyze and rearrange rapidly large masses of literary data.（p.4）

We understand how helpful, nay, essential, a computer can be in classifying and sorting large numbers of bibliographical items, or in indexing the works of a Saint, or a poet.（p.5）

「人文学研究に役に立つ計算機が欲しい。」

My own feeling is that we exaggerate the importance, of this barrier when we talk about computers. We are not asking the computer to be a critic; we are asking it to help us to be better critics.（p.7）

「我々は計算機を過大評価している。計算機が批評家になれるわけではない。計算機は我々が批評家になるための支援をしてくれるのである。」

we shall be able to learn with Whitehead that higher levels of thought can be reached with new instruments, that science and the humanities serve each other, that the lamentable breach between the two cultures can be healed as we learn to communicate with each other across it and move more freely in our own realm across the line between computer technology and the study of literature.（p.9）

「人文学は計算機という新しい道具を使いこなすことで、２つの文化の融合がもたらす新しい世界を手にすることができる。」

計算機の理解不足、そして過度な期待、その反面である将来の不安といった、人文学者の心落ち着かない状況があっての発言であることに注意が必要です。この会議を通して、そのような不安を払拭して欲しいというメッセージが込められているようにも聞こえます。

The Humanist and the Computer: Vision and Actuality（E.G.Fogel）

フォーゲルは、計算機が人文学にもたらす可能性を論じます。

The Computer is perhaps the most promising instrument for closing the much-discussed gap between the two cultures — the culture of the scientist and that of the humanist.（p.22）

「計算機は理系と文系の間に渡る道具である。」

計算機は記号操作の機械です。人は言語という記号を使っています。そして人文学ではテキストによる表現方法や表現される意味関係を研究対象としています。すると、人文学と計算機は相性が良いはずです。人文学が求めている人の判断や直感を支援する道具として、計算機は人と意味をつなぐインタフェースとして相応しい道具になると思います。

Homer, the Humanities, and IBM（J.T.McDonough）

マクダナーは、韻律分析に計算機を使う具体的な方法を解説しています。

Literate ex Macina（A.Markman）

マークマンは、人文情報学の未来像を模索してゆきます。

I want to understand. There is not time enough in one life to read everything. If we can learn to use the machine to give us an entry to any idea in the world, no matter where it might be recorded, then we can gather things together, and see, better than ever before, because quantity will be the true ally of quality, what the creative imagination, a literature, truly has to say about the life-world we find ourselves in.（p.51)

「全ての本を読み尽くすことはできない。計算機により全ての本に含まれている考えを手に入れることができるのかもしれない。量が質を決めるのだ。」

本好きであれば時間が許す限り沢山の本を読んでみたいと夢見ます。本を読み続けていると必ず良本に出会います。もしかすると、本好きが本を読み続けているのは、そんな良本と出会うために日常の読書をしているのかもしれません。日々の読書は習慣的行動として消費される読書となっているのです。[*79] 良本を探すための道具として計算機を使うことを夢見るのは人文学者にとって自然な発想です。

マークマンのここでのポイントは、大量の書籍からの内容検索というテーマの他に、量が質を決めるということがあります。得てして人文学者は、量的な作業を敬遠する傾向があります。例えば、工学系の研究で調査をするとなれば１０００件の対象を集めることがひとつの基準となります。ところがいわゆる文系の研究者は、数十の対象で調査を終えてしまうことがあります。教育学関係ではそれが顕著です。また人文学でも数百の引用を扱うというのは修士論文でも少ないかもしれません。もちろん、単純な作業工程で作成されるデータを１０００集めることと、ひとの判断を仰ぎながら集めるデータとでは活動内容に大きな違いがありますから、データ量だけで単純に評価できるものではありません。引用の質は量では決まりませんし、統計的に有意なデータを求めるためにはデータを多く求めなくてはなりません。ここでいう量と質との関係は、研究手法の違いではなく、教育における量と質の関係です。わたくしの考えでは、作業量がその人の行動の質を高めることになると感じています。精読よりも多読をすることで読解力は高まり、１本の良質の作品よりも１００本の普通の作品を書くことで文章力は高まると考えています。作業量に伴う時間とともに考えることが、質を生み出すのです。人文系の学生には、量が質を決めるということを、もう少し強く語ることが大切ではないかと思います。

Some Risks of Technological Overindulgence for the Humanities（L. T. Milic）

ミリチは、人文情報学の未来像を模索してゆきます。

＊79　読書の効用にはいろいろなものがあるといわれています。例えば、自己対話と同じ活動が脳内でされることで、精神の安定を生み出すなどもそのひとつです。また、読書習慣が良書を求め続けることであるとすれば、常に答えを求め続ける姿勢を学んだり、さらには、終わりのない中に人の人生はあり、心穏やかにして途中であることを認めるという人生観を長い読書活動の中で学ぶこともできるかもしれません。

Between total uncritical acceptance and irrational rejection, there is a proper place for computers, but it may be rather difficult to locate, especially in connection with the work of the Humanities and particularly of literature.（p.55）

「無批判に受け入れるでもなく、また理不尽に拒否するものでもなく、計算機を受け入れるべきであるのか、そのちょうど良い場所を人文学で見いだすのは難しい。」

A problem implies a solution. Scientific problems can be stated in such a form that a solution, usually numerical or at least binary, can be produced. But literary problems are problems only by courtesy, because most of them have no right answers, not only because the answers — lie Shakespeare's identity — are concealed by now-defunct evidence, but because they can perhaps have no answers.（p.58）

「科学では結論が明確であることが求められるが、人文学ではそうではない。」

The real questions tend to take much vaguer forms, partly because we don't know what kind of answer we are looking for or whether an answer is called for at all.（p.59）

「一般には、曖昧な形で問題が設定される。」

More dangerous, I believe, is the possibility that matters basically qualitative will be distorted into a quantitative form.（p.62）

「量的な問題が質的な問題へと姿を変える可能性すらある。」

ミリチの悩みは、今でも人文情報学に参加している研究者が考えあぐねる課題です。人文情報学の研究活動で設定する問題や答えを、人文学と科学のちょうど良い位置に見いだすことは今でも達成されていません。

An Inventory of Fifteen Million Word（R.Busa）

ブサは、彼が取り組んだコンコーダンス作成の経験から得られた情報を開示してゆきます。

The tremendous advances within the last two decades in all branches of linguistic research are directly attributable to the mathematical formulation and computation of language factors. The mathematical theories which support linguistic research evolve under an extensive analysis of linguistic inventories.（p.64）

「言語研究のトレンドは大きく変化している。」

ブサがコンコーダンスを作り始めてからおよそ10年が過ぎたこの会議の時点では、もう彼の活動は時代遅れとなり、ブサ自身もそれを自覚していることが分かります。もちろん10年も経てばそれも当然のことです。ブラウンコーパスが作られ、全文検索が実現している状況では、コンコーダンスを作成すること自体に新たな研究の価値を見いだすことは難しいことです。人文情報学は、計算機の性能により、その活動内容が変化してゆくという性格づけが、この黎明期の時点で既にされていたといえるでしょう。

A Standard Corpus of Edited Present-Day American English for Computer Use（W.N. Francis）

フランシスは、ブラウンコーパス作成の様子を細かく報告しています。ブラウンコーパスとは、アノテーションが付加された初めての本格的なコーパスで、１９６１年にアメリカで発行された英文を対象にしたものです。ここでは正規化の様子や、データ整理の手順が細かく紹介されています。またフランシスは、コーパス作成の一番の問題は著作権であると指摘しています。１９９４年にアメリカで始まるDigital Libraryプロジェクトの最終報告書で挙げられた資料の電子化における問題点のひとつである著作権が、既にこの時点で報告されていたことになります。つまり、フランシスの報告は30年間、資料の電子化に携わる研究者に共有されていなかったことになります。電子図書館研究が工学者と図書館学者の手によるもので、またこの当時は人文情報学の研究成果があまり知られていなかったことも、この背景にあるのでしょう。またインターネットを介した情報共有も実現していなかった時代のことでもあります。それでも、黎明期の研究者の成果を共有できていれば、第一期電子図書館プロジェクトの最終成果報告は、もう少しインパクトの大きいものになっていたかもしれません。この小冊子で紹介する胎動期の研究を知ることは大切であると思います。

The Computer Seen A a Technological Aid to Humanities Research in the Index to the Revista De Filologia Española（A.M.Pollin）

ポーリンは、人文学向けの計算機研究という発想から、教育、研究支援、学際研究や交流の支援という活動目標を挙げています。これは現在ある人文情報学センターの目的と殆ど同じものです。[*80]

＊80　研究支援活動をする研究レベルの活動、いわばメタ研究を担う研究センターが、人文情報学センターとして日本でも設立されることを期待したいです。海外ではその設置主体を、独立組織や図書館や学部附属にするなど、多様な選択が試みられていますが、わたくしは図書館に附属することは避けることが良策であると考えています。理由は、図書館所属の人文情報学向け技術支援者に未来はなく、またその専門司書（subject librarian）は存在できないからです。詳細は別稿に譲ります。

A Proposed System for the Collection, Correction and Rearrangement of Large Masses of Data（J.Heller）

　ヘラーは、資料の電子化の手順を提案しています。その手法のひとつとして、タグを付けたアノテーションの挿入を提案しています。例えば、タイトルを示すテキストは「*T*」と「*T*」で囲むようにするという提案です。ちなみに、RUNOFFというフォーマタは1964年11月6日にMITから提案されています。このIBM主催の会議は同年9月のものですから、同時期の活動であったことが分かります。RUNOFFには、XMLやHTML5にある閉じタグに相当するものはありませんでした。一方、ここでヘラーが提案するアノテーションでは閉じタグを提案しています。その理由としては、本文中にアノテーションを挿入する必要があったからと推測できます。[*81] このヘラーの提案は画期的なアイディアであったことがわかります。

A Computer Program to Generate a Text Concordance（P.H.Smith）

　スミスは限られた文字しか扱えない状況下での具体的な文字入力の対応策を紹介しています。当時の技術的課題を論じるものです。

Computer-Made Cocordances to the Works of the Early Christian Writers（J.K.Siberz and J.G.Devine）

シバーツとデヴァインは、初めて資料の電子化に取り込む研究者向けにコンコーダン作りの作業手順を示しています。データ入力の前作業、検証、コンコーダンス出力、入力データの検証が重要であると主張しています。

A Word-Index and Dictionary to the Old High German Glosses（J.C.Wells）

ウェールズは、ラテン語とドイツ語の2言語のコンコーダンス作成の実際を報告しています。各種の並べ替えが必要となることから、計算機による恩恵は多いとしています。

Implications of the Cornell Concordances for Computing（J.A.Painter）

ペインターは、コーネル大学で作成中のコンコーダンスを紹介しています。ペインターは、先に紹介した1960年にACMの論文誌でコンコーダンスを見事に定義した人物です。

Obviously, there has been a different computer program for each poet. This is not a recommended method of utilizing computers but it does have certain benefits.（p.162）

＊81　RUNOFF は行単位の指定で十分でした。

「目的ごとにソフトウェアが作られる。」

コンコーダンス毎に独立したプログラムを作成したという報告です。現在では、特定のソフトウェアを使うことを前提に、共通したデータ構造でデータを作成することが理想の電子資料と思われていますが、これには注意が必要です。人文情報学の歴史では、個々に資料を電子化した結果としてデータの共有が難しくなったことから、データ形式を共通化する努力がされてきました。この共通化の努力は実り、現在の欧米における文学研究では、電子資料は共有される研究資源として扱われています。しかし、この側面だけを見て、データ形式の共有化やソフトウェアの共通仕様が当然のことと考えるのは間違いです。実は、データ形式の共有化が成功した情報はごく限られたものです。具体的にいえば、印刷された書籍のテキスト(文字情報)を対象としたもののみが成功しているといえます。そして、非テキスト情報については必ずしもデータ形式の共有化は上手くいっておらず、とりわけ、研究資料としてはまだ検討すべき項目が多く残されているのが現状です。非テキスト情報のデータ処理を前提とした情報整理はまだ学術的に十分な検討がされていません。印刷文化としてある一定の規則に縛られた表現形式のみが、データ処理を前提とした情報の構造化に成功しています。わたくしの経験では、多くの情報種で共有化を目指す段階にはなく、それ以前の、電子化の実験を繰り返す段階にあると思います。すると現在もペインターが主張するように、多様なソフトウェアを組む段階にあると考えられます。

In science and mathematics there are a large number of problems, easy to state, which cannot be profitably attacked by computers. This is even truer in the humanities.（p.167）

「科学や数学では問題を明示できたとしても、それが計算機で解けるとは限らない。これは人文学でも同様である。」

人文情報学の仕事のひとつである資料の電子化は、数値化ともいえる作業です。ペインターの主張は、資料の電子化で留まらずに、電子化された資料をどのように使うのかまでを考えるのが人文情報学の仕事であるとしています。これはかなり耳の痛い主張です。現在でも、資料の電子化は十分ではなく、その手法にも納得感は得られていません。そうでなければ、毎年のように新しい電子化の手法が会議で提案されることはないでしょう。また電子資料が作られたとしても、そのデータを元にした研究は、依然として言語の統計情報に依るものが中心です。ペインターのいう、科学研究と同じ段階に到達するには、おそらくテキスト以外のデータを数値化する必要があるのではないかと思います。人文情報学を人間科学とする考えはこれを推し進めることになると考えています。

It appears, indeed, that computers offer the only means of analyzing the large amounts of data available for some problems. But the Humanities have the responsibility for requesting meaningful analyses. A computer cannot absolutely identify the author of an unknown manuscript, but it can calculate the probabilities that it was one of a definite list of authors, based upon word frequencies, sentence length, word usage, etc. (p.168)

「大量の情報を扱う必要のある問題では計算機を使うことが唯一の手段となる。しかし、人文学では意味を扱うことが避けられない。計算機は、作者不明の写本の作者の意図まで判別することは出来ない。書かれている言語情報から統計的に、可能性がある作者を示すことしかできない。」

意味を統計で扱う場合の注意点はここにあります。統計的数値は意味を規定しません。これはGoogleが示した学習の結果においても同様です。意味を特定するのは人の仕事です。人文情報学に参加をする時には、この数値と意味の乖離・断絶を受け入れるという、ある意味大きな決断をする必要があります。そして、わたくしの考えでは、この断崖に橋を架ける仕事も人文情報学の役割ではないかと感じています。従来の人文学では、形式のみから意味を扱う手法は採られていません。数値だけから納得感は得られるものではありませんでした。しかし、今後は機械学習の機能を使った、いわゆる人工知能が様々な領域に存在感を増して進出してくることでしょう。これは自然言語処理が理論言語学に取って代わった歴史からも明らかです。実はこの時、人文学で考え抜かれたアイディア(理論・命題・主張)が、数式においても理屈に合っていたという事態がよく起こります。[*82] このような現象においては、計算機の知識を持ちながら、従来の人文学の成果を適切に工学からの成果と対応させることが必要で、この役割を人文情報学は担うことができるのではないかと、わたくしは考えています。

The Preparation of Literary Test for Multiple Automated Studies: Comprehensive Identificatioin and the Provision of Discriminants（T.Clayton）

クレイトンは、資料を電子化する作業の詳細を解説しています。また、本文以外の情報も電子化されるべきと主張しています。これは現在でいうメタデータに相当するものです。具体的には次のような情報を挙げています。テキストが書き留められている様子、テキストが印刷されている様子、著者・作者、テキストの内容分類、媒体の様子、作品名を特定するための情報、書物自体を特定する情報、媒体に関する数値データ(例えば、大きさなど)、書誌学的な記録、テキスト内容の構成、行数などです。また、アノテーションの重要性も説いています。現在でも参考になる意見であると思います。

＊82 哲学的な命題を科学で無意識に証明しようとしているからなのか、人が考えることの行き着く先は手法は変われど同じものなのか、人の思考や直感は真実をかぎ取る力が高いからなのか、理由は不明です。弱い人間原理を採っているわけではありません。

The Use of a Computer in Analyzing Dryden's Spelling（V.A.Dearing）

ディアリングは、資料を電子化する手順と、そのために自作したプログラムを紹介しています。この講演の内容は、現在の人文情報学の視点からしても、スタイル研究や作者同定研究としてそれなりの研究論文になっています。もちろん、スタイル研究自体は計算機の出現以前から先行研究が多くあり、それに計算機を導入したまでの報告であることから、この講演の質が高いのは当然かもしれません。

I could have made my counts without a computer, of course, but not so quickly by far, and not so confidently.（p.209）

「計算機なしでもできるが、それでは十分ではない。」

計算機の支援なしには充実した研究はできなくなってきているという現状報告といえます。

An Algorithm for Locating Multiple Word Co-occurrence in Two Sets of Texts（S.Goodman and R.D.Villani）

グッドマンとヴィラニは、計算機を使い作品を比較する実際の手順を紹介しています。

The IBM 1620 as a Tool for Investigating Principles of Auto-Abstracting（M.H.Wolf）

ウォルフは、計算機による自動要旨作成について、その哲学・手順・現状を報告しています。

Scholars in virtually every field are now turning to abstracts of articles for protection from the fallout of the information explosion. Unfortunately, while the number of abstracts needed is ever increasing, the number of people willing to produce them is not.（p.293）

「情報が大量に流通する、いわゆる情報爆発の時代において、要旨の存在は重要になっている。ところが、要旨を用意する作者の数は増えていない。[*83]」

文章を書くときの暗黙のルール、または緩やかに共有されている文章を書くための基礎知識、または能力（リテラシー）のひとつとして、文章のまとめ（要旨）を書くことがあります。ところが、まとめを書くという習慣はそう昔からのことではありません。ここで紹介されているように、流通する書籍や文書が増えるに従って、その仮体としての情報が必要となり、そのような情報のひ

*83　数年前に「情報爆発」というキーワードが最新のトピックスと扱われていましたが、50年前にも同じことが考えられていたようです。

とつとして「まとめ」が必要になってきました。今では、要旨の必要性は不確かなものとなり、例えば、全文検索ができるのであれば要旨は不要であるとする考え方もあります。ある実験として、要旨からと全文からとで、作品内容の理解度を評価したとき、全文からの方が良かったという報告があります。もちろん、これは当たり前すぎる結果です。なぜならば、要旨がどれだけ本文の内容を反映した文章になっているのかは、要旨の質によりますし、さらにはその質を判定することも難しいからです。実際、計算機を使った自動要旨作成の評価においても、最終的には要旨の質は人が判断をしています。このように、要旨の存在意義を示す証拠を示すことは困難ですが、わたくしの感覚からすると、要旨はあったほうが便利です。例えその質や信憑性が不確かであったとしても、そのような不安を覆い隠す便利さをわたくしたちは要旨に感じています。この意味では、機械的に作られた要旨でも、無いよりは有用と思われることから、自動要旨作成は、作者の心証を気にしないのであれば、積極的に導入すべきでしょう。要旨という、文章を構成するひとつの単位をとってみても、このように様々な論議が残されているのが人文情報学の面白いところです。そしてこのような論議を深めるためには、歴史を知ることが重要であることも、要旨の事例から分かると思います。

On Optical Character Recognition of Text（R.J.Potter）

ポッターはＩＢＭの技術者で、文字認識の手法の紹介とその現状を報告しています。

Report of Preliminary Discussions of Automatic Context Analysis

会議報告として、文書内容を自動分析することの問題点を報告しています。

Report of an Informal Meegting of Standard Formats for Machine-Readable Text

会議報告として、共有可能な機械可読データの重要性の確認と、それを共有するためのデータ形式を検討したことを報告しています。

Literary scholars should not be expected to join the ACM; the MLA excluded linguists who should share in this cooperative effort, and the Linguistic Society of America excluded literary scholars. It was therefore agreed that the group should remain informal for the present.（p.328）

「文学研究者が計算機科学の学会であるＡＣＭに参加するとは考えられない。文学研究の学会であるＭＬＡは言語学者を排除している。また言語学の学会であるＬＳＡは文学者を排除している。このような状況下で人文情報学に興味を持つ我々は、非公式のグループとして存在するしかない。」

研究者ではない人には見えにくいものとして、研究分野の棲み分けがあります。研究者であっても、その分野に近い活動をしていなければ、その区分けに気付くには相当の時間を必要とします。日本を例にとれば、同じ古い書物を扱うにしても、文学と歴史では棲み分けがあります。同じ外国語を専門としていても、文学と言語学では棲み分けがあります。英語で linguistics と表現されていても、英語学と言語学は殆ど異なる研究領域です。棲み分けというきれいな表現ではなく、縦割りや縄張りという言葉を使うこともできるでしょう。人文情報学では、資料が電子化されることで、扱う電子資料やその作成の手順は同じであったとしても、その利用者や利用方法が異なることがあります。そして、利用目的が異なれば要求も異なるはずで、するとシステム科学・工学の常識からすれば、作られる電子資料も異なるものになります。人文情報学における、資料の電子化の論議が難しくなるひとつの側面として、既存の人文学の細分領域の棲み分けが、資料の電子化に影響を与えていることがあります。このあたりの話は、大変難しく、また敏感な話題になることから、この小冊子では紹介にとどめておきます。

9 計算機は人文学に役立つのか（1965年）

ここで紹介する資料［Yale University 1965］[*84]は、1965年の1月22日と23日にIBMの資金援助により開催された会議の記録です。タイトルが疑問形になっていることが示すように、計算機の導入について賛否両論の論文が含まれている面白い論集になっています。中には研究論文も見られることから、単なる可能性を論じるだけの機会から、少しずつ研究発表としての会合へと移行してゆく兆しを見ることができます。参考文献リストが充実し、重要論文については解説文も含まれています。研究コミュニティを形成しようとする意図から編集されていること

図12 Yale University 1965

*84 Yale University (1965) *Computers for the Humanities ? A Record of the Conference Sponsored by Yale University on a Grant from IBM, January 22-23, 1965*, Yale University Press

がよく分かります。総数170ページで、目次は図13のようになっています。

1 Gods in Black Boxes (D.J.deS. Price)
2 The First Designs, 1925-50, and the Computer Worlds of 1950-1965 (J.W.Mauchly)
3 Scientists and Computer Hardware: Some Glimses (H.H.Goldstine)
4 How Computers Absorb the Printed Word (M.S.Davis)
5 What Computers May Do with the Printed Word (S.M.Lamb)
6 Computers and Books: Some Prospects for the Yale Libraries (F.G.Kilgour)
7 Computers and the Muse of Literature (S.M.Parrish)
8 Computers and the Testaments (J.W.Ellison)
9 Varieties of Computer Applications to the Past (H.R.Alker)
10 Computers for Social History: A Study of Social Mobility in Boston (S.A.Thernstrom)
11 Computer Content Analysis as a Tool in International Relations Research (O.R.Holsti)
12 Computers in Musicology (E.A.Bowles)
13 The Compute as a Tool for the Creative Musician (E.Ferretti)
14 Art History and Archaeology (E.A.Bowles)
15 Environmental Design: A New Architecture for the Age of Cybernetics (S.Chermayeff)
16 Simulation of the Activity in a Maternity Suite (R.B.Fetter)
17 Conversation with a Computer (J.Weizenbaum)
18 Storage of Beliefs (R.P.Abelson)
19 Simulation of Human Problem Solving (D.W.Taylor)
20 A Pannel Discussion (K.Brewster, J.Barzen, R.P.Abelson, and E.E.Morison)

図13 目次（Yale University 1965）

Gods in Black Boxes（D.J.deS. Price）

プライスは、ブラックボックスという言葉を使い、いわゆるモデル研究の可能性を紹介しています。

The point is that the original motivation toward understanding creation by simulating it led to the developing techniques of model-making.（...）The techniques of the modelmaker give us these black boxes known as computers.（...）As the techniques improve, we gain in such facilities. But above all, we gain in the understanding of the nature of the universe and the nature of man only if we get some appreciation of what sort of god it is that we've built into these newest black boxes.（p.5）

「計算機がブラックボックスとなり、モデル研究の道具となる。」

モデルとは、科学研究で想定される仮想の実体のことで、現実の世界にある事物や事態に対峙して存在するものとして扱われています。人文学でいえば、表現が現実世界のものとすれば、それに対応する意味がモデルに相当します。科学におけるモデルは、いわゆる真理として一様不変のものとされていますが、このような真理となるまでには、モデルは観察や実験を通して発見された事象を元に、よりよいモデルへと修正されることで作り上げられています。つまり、真理に至るまでには、モデルは試行錯誤の変容をくりかえしてゆきます。人文学において求められる答えは、必ずしも真理と呼べるような一様不変の性質を持っているとは限りません。むしろ、解釈や納得感を必要とするために、求める答えには人の心や感情に訴える要素を伴う、多様で示唆に富む表現の方が好まれることがあります。但しそうであるとしても、人文情報学でモデル研究ができないということではありません。むしろ、修正を繰り返すことで真理の近似を求めてゆくモデル研究の手法は、人文情報学においても有効なアプローチです。このあたりの話は、前著『人文情報学への招待』に詳しく書きましたので、そちらをご覧ください。

The First Design, 1925-50, and the Computer Worlds of 1950-65（J.W.Mauchly）

モークリーは、１９３０年から１９５０年代までの計算機の開発史を紹介しています。

Scientists and Computer Hardware（H.H.Goldstine）

ゴールドシュタインは、気象情報の解析に計算機を使うことの有用性を紹介しています。

How Computerw absorb the Printed Word（M.S.Davis）

デービスは、パンチカードを使う実際の入力方法を紹介しています。

What Computerw may do with the Printed Word（S.M.Lamb）
ラムは、計算機は指示待ちの状態にあり、人が命令する必要があることへの理解が少ないこと、仮説の証明に計算機が使われることを紹介しています。

Computers and Books（F.G.Kilgour）
キルガーは、記号操作の機械である計算機を使い、図書カードを電子化する方法を紹介しています。この中で、１９７０年代には本文の全文検索が実用化されるだろうとの予測をしていますが、残念ながら現実には多くのテキストが未だに電子化されていません。

Computers and the Muse of Literature（S.M.Parrish）
パリッシュは、人文学者が持つ計算機に対する思いを紹介し、校勘版の可能性を論じています。

Computers and the Testaments（J.W.Mollison）
モリソンは、テキストの現れ方の歴史と聖書の写本研究を紹介しています。

Varieties of Computer Applications to the Past（H.R.Alker）
アルカーは、歴史学に計算機を導入するアイディアを紹介しています。

Computers for Social History: a Study of Social Mobility in Boston（S.A.Thernstrom）

ザンストロームは、少数のデータでは分からないことが、大量のデータを使うと分かることがあり、そのために計算機が必要であることを説いています。

Computer Content Analysis as a Tool in International Relations Research（O.R.Holsti）

ホルスティは、文書の内容分析に計算機を使うことを主張しています。

Computer in Musicology（E.A.Bowles）

ボールズは、楽曲の分析には多くの相互参照が必要となることから、そのために計算機は必須の道具であることを紹介しています。

The Computer as a Tool for the Creative Musician（E.Ferretti）

フェレッティは、１９５６年にＭＩＴで始められた電子音楽の研究について、その仕組みと実際を解説しています。

Art History and Archaeology（E.A.Bowles）

ボールズは、考古学では多様なメタデータ項目が必要となることから、これらの処理には計算機が必要であることを紹介しています。

Like other humanistic disciplines, art history has already reached the stage at which it cannot test some of its assumptions because the scholar cannot stretch his mind to encompass all of the factors without resources to the oversimplifications described above.（p.114)

「単純化抜きには仮説を検証することすらできないほど大量のデータがある。」

問題を観察すると多くの情報を記録してゆくことになります。これが精緻であるほど研究の精度は上がってゆきますが、同時に、得られたデータをまとめる作業は煩雑になり、時には人の記憶には収まりきれず、全体像を概観することができないこともあります。そのような時、一般には多くのデータをまとめ上げて別の単位に作り直すという行程をとおして、記憶数を減らし、全体像を概観し易くしてゆきます。このような行程は、単純化、抽象化、単位化、帰納、名称付与、専門用語化など、様々な表現で示されてきました。このようなまとめの作業は、今までは人間の記憶容量を頼りに概観をしてきました。これに計算機を使うことが考えられるというのがボールズの考えです。

These are but a few of the many fundamental problems in art history which can only be solved by extending the limits of the human grasp through the capabilities of the computer. (p.114)

「計算機によって初めて超えることができる量の限界の先で解くことができる問題がある。」

人は体の部位を感じる能力に加えて、道具を身体の一部として認識する能力があります。本来持つ身体から得られる情報で作られる脳内のモデル（身体スキーマ）と、ラケットにボールを当てる際にラケットの存在を意識しなくとも体の一部として動きを制御できる脳内のモデル（身体イメージ）です。計算機を道具として身体イメージに取り組むことで、従来では扱えなかった新しい問題を解くことができるとボールズは考えています。現にわたくしたちは、スマートフォンを思考の延長線上にある道具として使いこなしています。但し、スマートフォンのような計算機と、ラケットや金槌のような道具との違いは、その外形や情報を示す記号という視覚から得られる情報を元に作られたモデル（身体イメージ）には、道具として使いこなす様子は同じでも、計算機が扱う内容そのものには関知していないという違いがあります。ラケットを通して打つボールの質を感じることができるように、計算機を通して情報の質を感じることはできません。情報の質を感じるためには、計算機やその情報に関する知識が必要になってきます。使いこなすことでこれを習得するのは、現実には困難です。[*85] 計算機は道具として人の身体に馴染みやすいという特徴を持ちながら、道具のような経験を通しての学習が効かないという性質も持ち合わせています。そして、この危険性を感じることは意図的な学習を通さない限り殆ど身につかず、その一方で、上手く使いこなしているという錯覚を起こさせる危険があります。このことは、計算機の専門家も殆ど無自覚であることが多く、結果として社会に警告する機会もあまりありません。人文情報学には、工学者も見逃しがちなこの計算機の性質に注目し、情報の質を感じる大切さを人との関係性を探りながら伝える役割があるのではないでしょうか。

Environment Desing: a New Architecture for the Age ofCybernetics（S.Chermayeff）

チャマイエフは、アートの面からも計算機が創作活動に役立つと主張しています。

To keep up the myth of conflict between <u>rationality</u> and <u>inspiration</u> in an age of accelerated change and growth, which requires planning the production of essential needs, is one of the great absurdities in our time. It is the old ``chicken and egg'' business in a new context.（p.118）

＊85　社会的な経験を経ることで、情報の質を体感的に学習することは可能です。但し、そのためには多くの失敗も経験する必要があります。例えば、ネット上で詐欺に遭う、カード情報を盗まれる、間違った情報でだまされることなどを若い時期に経験しながら大人になることです。これは現実には酷な事態を招きます。さらに、ネット上での経験の痕跡は記録され続ける傾向があり、大人になっても当時の失敗は忘れることが難しい対象となっています。ヨーロッパで「忘れられる権利」を人権として求める動きもこれが背景にあります。

「合理性とインスピレーションの関係は、新しい鶏卵問題である。」

It enables him, through the highly developed techniques which I have no time to describe exactly on this occasion, to visualize, to translate into drawing, to detail a very complex form, such as compound curvature, or design a structural assembly of extremely complex parts, through electronic means, without the awful drudgery of the draftsman and without waste of architectural investment of time and energy.（p.121）

「計算機により多様な表現形式が可能になる。」

I think in our mastery of the most sophisticated technology lies our hope for obtaining the highest culture, and that in this task science and technology, as well as the art of environmental design, are going to play an increasingly large role in the maintenance of humanity.（p.122）

「人文学において計算機の役割は増してゆく。」

チャマイエフは、計算機を導入することでアーティスティックな活動が阻害されることはないと主張しています。当時の計算機の能力からすれば、芸術活動に使われることは殆ど不可能でした。電子音楽にしても、グラフィックにしても、計算機が芸術活動に導入されるようになるのは、これより10年以上後のことです。芸術活動に導入される計算機には、当時の最新の性能を備えたものが必要でした。これは現在でも同様です。アーティストは常に新しい表現を求め、それに応える計算機は最新の技術と最高の性能を発揮する必要があります。それでも、アーティストは多くを妥協しています。アーティストの要求を満たすために計算機は性能向上を試みているといえるかもしれません。ここに人文情報学と計算機の理想的な関係があるとわたくしは感じています。テキストを超えて人に注目することで、道具に縛られない研究姿勢も生まれてくると考えています。

Simulation of the Activity in a Maternity Suite（R.B.Fetter）

フェッターは、人間行動の分析に統計を使う際の難点を解説しています。

Conversation with a Computer（J.Weizenbaum）

ワイゼンバウムは、計算機との意思を伴う相互会話は歴史上ない画期的なことであると紹介しています。

The steam engines originally installed were stationary, and they did have a great effect on the economy of Western Europe. However, that Industrial Revolution accelerated very sharply when it was found possible to install steam engines on wheels and hence to enter an age of mass transportation. (...) A similar phenomenon is taking place in the computer revolution. (...) Yet we are now face to face with the second phase of the computer revolution, which will prove to be relatively as important to our age as putting the steam engine on wheels was to the age of the Industrial Revolution.（p.130）

「計算機革命はこれからが本段階である。」

大量の数値計算が実現し、テキストが電子化され全文検索が可能となりました。大量の情報からデータベース上で複雑な条件を加えての検索ができるようになりました。ネットワークを通して地理的・時間的制約を超えてコミュニケーションが可能になり、データ交換も実現され、この環境は一般の人にもインターネットとして開放されました。現在では、国家の存在すら脅かす情報共有と、人間の尊厳にも影響を与え得る人工知能が作られてきました。計算機はその誕生以降、次々と革命をもたらし、いまだ成長を続けています。ワイゼンバウムがいうように、計算機革命の本段階はまだ先にあるのかもしれません。そう考えると、計算機にそら恐ろしさを感じてしまうのは仕方のないことです。

Storage of Beliefs（**R.P.Abelson**）

アベルソンは、計算機は思考のシミュレーションができることから、計算機に信念を持たせてみたいと告白し、将来は直接計算機と会話をしたいと話します。

What I am intending to do with this construction is to store a belief system in the computer, give it a few primitive processes to exercise, and see how it will response.（p.135）

「計算機に信念を持たせて、反応をみてみたい。」

アベルソンの見た夢は、今では現実となりました。人工知能の実用化です。前著『人文情報学への招待』では、便利・賢い・知的という3段階のうち、計算機には賢さを感じると告白しました。２０１１年の時点では、わたくしのこの感想に納得をした方は多くはなかったと思います。しかし、２０１６年においては、少なからずの人が計算機に賢さを感じているのではないでしょうか。人工知能研究は、人文情報学とは対極にある、そして相補的な学問であるとわたくしは考えています。同じく人に焦点を当てた研究でも、人工知能研究ではその模倣を、人文情報学ではその能力を高めることを目標としているからです。人工知能に恐怖を感じる人がいることは、計算機の黎明期に人文学者が計算機に恐怖を感じていたことからも、容易に想像することができます。但し、この小冊子で学んだように、恐れから思考活動を止めることは歴史を見ても有効な対処法ではありません。わたくしたちよりも性能の高い人工知能はこれからますます増えてゆくでしょう。そのような時代を迎えたとき、わたくしたちに必要なのは、人工知能と競争しようとする意気込みです。人間の力を高める競争がこれからは増してゆくとわたくしは考えています。

Simulation of Human Problem Solving（D.W. Taylor）

テイラーは、人間の問題解決には、確実に解を得ようとするアルゴリズム的手法と、その保証がないヒューリスティックな手法があり、計算機を使った問題解決のシュミレーションでは、後者の手法を採用していることを紹介しています。そして、人の思考を研究することは、まだやることがあるのではないかと主張しています。

One attempts to identify the processes involved in the kind of thinking chosen for examination. In this attempt the investigator may have subjects "think-aloud" while solving such problems, examine the scratch paper they have used in solving them, analyze the results of systematic experiments, or use any other source of information he may find helpful.（p.137）

「人の思考は様々な試行錯誤の総体である。」

人の思考活動のモデルが観察できるような実験計画ができると、人文情報学の研究は新しい段階に進むことができるのですが、そのための実験計画まだ生まれていません。人文情報学の今後の大きな課題であると思います。ちなみにテイラーは、means-end 法(手段目的法、直接手段法)と make-a-plan 法(比喩法、アナロジー法)も紹介しています。

A Panel Discussion

人文学者のバルザン（J.Barzun）は、人文情報学は似非科学となってはいけないと警告しています。心理学者のアベルソン（R.P.Abelson）は、人間を研究するのだと主張しています。システム科学者のモリソン（E.E.Morison）は、人が大切であり、人文学は人の振る舞いを研究するものとして教育・研究体制を変更すべきであると主張しています。これら3人とも、計算機の能力を使い、人文学は改めて人へ焦点を当てる研究へと姿を変えるべきであると主張しています。わたくしは、これを人文学に求めるのではなく、人文情報学が人間を研究する新しい人文学として研究分野を開拓すべきではないかと考えています。

ちなみに、科学と似非科学の違いは反証可能性の有無にあるといわれています。科学ではモデルは修正を繰り返し施された後に絶対的な真理となりますが、この課程においては常にモデルが否定され続けます。また、絶対的な真理として安定したモデルとなっても、科学の歴史が示すように、科学研究が進むと供に、それはあくまでも部分的な真理でしかなかったことが証明され続けてゆきます。これが反証可能性の様子です。科学の真理は一足飛びに求められるものではなく、また常に否定される余地が残されています。ところが、似非科学と呼ばれるものは、反証する余地がない主張が展開されたり、または一足飛びに真理の命題を生み出す過程を採ることが殆どです。そして、人文学では反証が可能ではない主張を積み重ねて結論を導く過程を採ることがあります。バルザンがいう似非科学の回避とは、この種の問題解決の行程を採ることなく、計算機を導入した科学研究としての問題解決の行程を採用すべきであるという主張です。もちろん、計算機を導入しただけでは研究の質は変わりません。目標の立て方も人文学とは異なるものとなるはずです。

10 人文学における計算機（１９６７年）

ここで紹介する報告書*Computers in Humanistic Research*[*86]は、１９６４年から１９６５年の間に６箇所で開かれた会議の報告をまとめたものです。それぞれの会場は、ニュージャージ州立大学（The State University of New Jersey）、イェール大学（Yale University）、カリフォルニア大学ロサンゼルス校（The University of California at Los Angeles）、ワシントン D.C. 大学連合（The Consortium of Universities in Washington D.C.）、プルーデント大学（Prudent University）、そしてボストン大学（Boston University）の６箇所です。これらの会議は全てＩＢＭの資金援助で開催されています。つまり、１９６４年の会議以降、人文情報学の研究会議はＩＢＭの強い影響下で開催されてきたことが分かります。この書籍の編者であるボウルズもＩＢＭの人で、彼は１９６５年に人文学への応用の現状

図14　Bowles 1967

*86　F.A.Bowles ed.（1967）Prentice-Hall.

を紹介する論文を出しています。[*87] 総数264ページで、目次は図15のようになっています。なお、目次の1、11、12、16にある論文は、前章で紹介した［Yale University 1965］の目次にある1、11、7、8と同じものです。この論集では、かなり面白い哲学的な論議が展開されています。ま

1 Gods in Black Boxes (D.J.deS.Price)
2 Toward A Research of New Dimensions (E.A. Bowles)
3 The Computer and the Humanist (P.H.Smith)
4 A Modern Innovation in Archaeology (D.F.Green)
5 Paleo-Anthropological Research and Computers (P.S.Martin)
6 Computers and Prehistoric Archaeology (G.L.Cowgill)
7 Computers and Historical Research (S.P.Hays)
8 The Historian and the Computer (S.Thernstrom)
9 Promises and Problems in the Use of Computers: The Case of Research in Political History (W.E.Miller)
10 Political Science and Computer Research (R.L.Merritt)
11 Computer Content Analysis in International Relations Research (O.R.Holsti)
12 Computers and the Muse of Literature (S.M.Parrish)
13 Computers and Research in Literary Analysis (K.Kroeber)
14 Making Haste Slowly in Literary Computation (L.T.Milic)
15 The Innocent Linguist and the Unresentful Drudge (H.Ku\v{c}era)
16 Computers and the Testaments (J.W.Ellison)
17 Computer-Generated Concordances and Related Techniques In the Study of Theology (J.G.Devine)
18 Musicology and the Computer: The Thematic Index (H.B.Lincoln)
19 Two Problems in Musical Analysis: The Computer Lends a Hand (J.LaRue)
20 Some New Paths for Music Bibliography (B.S.Brook)
21 ``This Wonderful Machine:'' Some Thougthts on Computers and the Humanities (C.Blitzer)
22 Panel Discussion: Man and the Machine (R.Abelson, J.Barzun, K.Brewster and E.Morison)
23 Panel Discussion: Computers in Humanistic Research (T.Clayton, V.A.Dearing, and R.M.Hayes)
24 Panel Discussion: The Practical Problems; What Does the Humanist Have To Know and Do To Use the Computer? (S.D.Conte, W.B.Kehl, and D.H.Kraft)

図15　目次（Bowles 1967）

た、これまでの論集よりも、より現在の論文らしい内容のものも見られるようになっています。

Gods in Black Boxes（D.J.deS.Price）

１９６５年の文献［Yale University 1965］にある論文を再録したものです。

Toward A Research of New Dimensions（E.A.Bowles）

この書籍の編集者でもあるボウルズの論文です。[*88]

The computer's storage or memory constitutes an infinitely more reliable repository than the mind of the proverbial absent-minded professor.（p.9）

「計算機の方が人より記憶が良い。」

---

*87 F.A.Bowles(1965) "The Role of the Computer in Humanistic Scholarship", *AFIPS 1965 Proceeding of the November 30-December 1*, ACM

*88 １９６６年にはおよそ３００名の研究者がＤＨの活動に参加している（p.12）との引用を紹介しています。 "Computerized Research in the Humanities: A Survey", *ACLS Newsletter* Special Supplement, 1966

Second, creative, computer-oriented professors should be nurtured in every department of the humanities to act as programming consultants to provide the necessary interface between their colleagues and students and the computer.（p.12）

「計算機を使いこなす人文学の教授が生まれるべき。」

A more sensible goal would be to educate the humanist to the level where he can talk intelligently and meaningfully to his programmer and define his problem rigorously by means of a flow-chart.（p.13）

「人文学者にもフローチャートを使いこなせる程度の知識があるべき。」

Finally, scholarships and fellowships for computer-oriented research must be established in order to help defray the costs of programmers, key-punching, and machine time.（p.13）

「計算機を使った研究に資金援助をすべき。」

ＩＢＭの宣伝活動として参加していることを隠さない、少しあからさますぎる発言です。残念ながらこの資料から会場の雰囲気を知ることはできませんが、これらの発言だけをみると、どこかＩＢＭの苛立ちを感じとることもできます。１９６４年から思い描いたようには計算機が人文学に導入されず、何かしらの不満を感じていたのではないでしょうか。当時、ＩＢＭは世界の計算機市場を独占していました。総売上に占める人文科学への出費は些細なものであったはずです。これはちょうど今のGoogleが宇宙事業に投資をする状況と似ています。人文情報学への投資が浪費となったとしてもＩＢＭの経営には悪影響を与えません。それでも、これ以降、ＩＢＭは人文情報学への直接の関与を減らし、販路拡大の戦略に人文情報学を位置づけることを止めてゆきました。わたくしたちは、人文情報学の立ち上げに貢献したＩＢＭに感謝の気持ちを忘れるべきではありません。それが販路拡大という利潤追求を目的とした意図を持っていたとしても、それは民間企業としては当然のことであり、むしろ民間企業でありながら先の見えない領域に投資を決めたことに賞賛が与えられるべきです。この一連の会議以降、人文情報学は独り立ちをしてゆきます。

In this way, the tools of data processing are continually expanding the scope of humanistic research, making it more refined, more sophisticated, and more creative.（p.13）

「これにより人文学は拡大し、成功してゆくことになる。」

ＩＢＭの意図は人文学に計算機を導入する人文情報学へと引き継がれてゆきます。

The Computer and the Humanist（P.H.Smith, Jr）

スミスは、計算機を導入する際の注意点を紹介しています。

Another point which is worth noting is the distinction between what the computer can do for the scholar and what he must still do himself.（p.17）

「計算機に何をさせて、自分がすべきことは何なのかを明確にすることが、計算機を使うときには大切である。」

But we must not expect a manufacture to produce a "language-processing machine," or a "humanistic computer" which will solve our problems for us. A computer is a computer, and it remains our job to express our problems in the terms that all computers require if we are to expect help from machinery in solving these problems.（p.17）

「計算機がなすことは、我々が解くべき問題とは異なるものである。」

計算機ができることと、計算機に任せることを同じものと見なすべきではありません。例えば、計算できるといっても、数学の試験中に使って良いものかは別の判断に依ります。また、仕事が楽になるからといって計算機を使うことにも注意が必要です。例えば、宿題を解くのに計算機を使ってしまえば、自分で考えたり作業工程を身につけたりする機会を失ってしまいます。資料を電子化する場合においても、研究者自らが電子化の作業に携わることで、手間はかかるものの、その手間は情報の内容を観察し理解する時間として役立ちます。楽になることが必ずしも人のメリットにはならないことには、もっと注意を払うべきです。例えば、計算機を効率化のために導入した結果、会社が倒産した例があります。ある全国規模のスーパーではオフィスコンピュータを導入することで、各店舗からの発注をまとめる業務を一括処理できるようになりました。これにより大量仕入れが容易になり、安い単価で仕入れた高品質の商品を全国で大量に販売し、多くの利益を上げることに成功しました。ところが、このスーパーは数十年後に破産してしまいます。原因は、バイヤー(仕入れ担当者)が、顧客のニーズを感じる力を次第に失い、発注能力が衰え、売れる商品を仕入れることができなくなってしまったからです。バイヤーが育たなかった原因のひとつとして、計算機から売り上げ情報を体感する手段がなかったことが挙げられています。計算機が導入される以前は、全国から集められた発注書の量を目で見て、手で捌くことで、視覚や手触り感で売り上げや売れ筋が生まれてゆく様子を感じることができました。ところが、受発注システムが導入された後では、売り上げの様子は画面の数値から知ることはでるものの、新しい売れ筋となる商品の小さな売り上げの変化は、他の小さな数字に埋もれてしまい、感じることが難しくなっていました。結果として、売れ筋商品を感じる能力が育たなかったといわれています。無駄と思われていた作業が、長い目で見ると、重要な時間であったのです。人が担っていた仕事から計算機に何を任せるのかを判断する際には、効率だけではなく、その仕事の副次的な意味も理解しておくことが大切になります

このような仕様分析の難しさに注目しすぎるのではなく、計算機を導入した際のメリットにもっと注目してはどうかという意見もでてくると思います。但し、それは当たり前のことで、そこに留まっていては研究者としての存在意義がありません。そして、計算機システムがもたらすとされたメリットは、歴史上、多くの場合は必ずしもそうではありませんでした。工学は作ることそのものに価値があるとする研究活動です。このような価値観のコミュニティでは、何故作るのかとは問わないことが暗黙の了解になっています。[*89] つまり、歴史的に、作ったものがどのような存在価値があったのかの判断は、あくまでも市場の判断に任せることとして、工学的な反省というものが前面に出ることはありません。計算機の利用者はこの点にもう少し注意すべきです。

This clearly makes actual program coding easier, but beware: no higher programming language is going to include an instruction "analyze text" or "solve problem." The work of thinking out our problems in the rigorous terms which computers require will still be with us.（p.27）

「考える主体は人間である。」

計算機に判断を任せる機会はこれからますます増え続けてゆきます。わたくしたち人間の方が考える主体であるとしても、計算機が計算した、比喩的には考えた結果といえる指示に従うことは、もはや避けられないでしょう。ここに人間の尊厳を問いかけざるを得ない状況が生まれます。特に人文学では大きな問いかけとなるのでしょう。但し、もし人文情報学が人間を対象とした研究分野とするのであれば、そこでは必ず自分自身に問いかける作業が伴います。この作業を通して、わたくしたちは計算機をどのように従えるのかに考えを巡らすことができます。これは、考える主体となる良い機会・訓練になることでしょう。テキストを超えて、その先の人間に焦点を当てた研究ができるかどうかで、人文情報学の価値が大きく決まるとわたくしは考えています。

＊89　前著『人文情報学への招待』でも紹介したように、工学は工業との接点が強いことから、実用的であるという視点も重視され、効率や需要などの価値基準も導入されます。

A Modern Innovation in Archaeology（D.F.Green）

グリーンは、考古学では扱うデータが多く、これらの関連性を探るためには、データの記号化・符号化が重要になると主張しています。

However, the research laboratory is not the only area where archaeologists will be affected by computers. Field techniques are bound to change as well.（p.39)

「さらにフィールド活動にも有用である。」

計算機は小型化が進み、スマートフォンに代表されるような常に携帯できて瞬時に使うことができる道具にまで進化しました。現在の計算機は、データを出力する機能には違和感を感じることが少ない自然な道具となりました。しかし、データの入力に関しては、まだ十分な道具であるとはいえません。データの入力作業は、机の上でキーボードを使うことのできる環境以外ではかなりの不満を感じます。情報を記録する作業では、ノートに書き込む方が計算機に入力するよりも圧倒的に簡単で、便利で、多くの多様な情報を、短時間で記録することができます。フィールド上で使う計算機の開発には課題が山積しています。

Paleo-Anthropological Research and Computer（P.S.Martin）

マーティンは、考古学で大量のデータを扱う際に、計算機を使うことでパタンを発見することが可能となることを紹介しています。また、その最終判断は人間の仕事であることを強調しています。

Computers and Prehistoric Archaeology（G.L.Cowgill）

カウギルは、考古学では計算機を使った統計的手法による研究が不可欠で、これからの考古学者は統計学の知識が必須となることを紹介しています。

What is crucial for any real progress with this problem, whether computers are used or not, is a great clarification and standardization of the concepts and terms used in archaeological description and classification.（p.48)

「これからはデータの標準化が重要である。」

人文情報学では、資料を電子化する手法の研究に加えて、その電子資料の相互利用を実現する研究にも長年取り組んできました。マークアップ言語を使う資料の電子化という選択肢も、この研究から得られた成果です。また、マークアップ言語を使ったデータ形式の標準化も成果のひとつです。但し、このような成果として提案されている標準化案を、自らの研究に取り入れることには注意が必要です。情報共有は当然のことと思いがちですが、これはインターネット文化に馴れてしまったわたくしたちの感覚がそう思わせるもので、それが正しい選択であるとは限りません。電子資料の作成に関していえば、多くの場合、標準化案への配慮は優先順位としては下位に置く方がよい選択になります。大切なものは、自らの研究で必要とするデータの方です。既製品に体型を合わせるというストイックな研究スタイルも大切ではありますが、それでは誰もが発見できる内容しか記録できない可能性があります。他人には見えない、しかし自分には見えている情報を記録することが、世の中にとっては大切であり、それが研究活動の意義でもあります。[*90]

Computers and Historical Research（S.P.Hays）

ヘイズは、社会科学の分析に必要なデータが大量に作られ始めており、今後はこの利用が重要になることを紹介しています。

The Historian and the Computer（S.Thernstrom）

ザンストロームは、社会学に計算機を導入する意義を紹介しています。

Promises and Problems in the Use of Computers: The Case of Research in Political History

(W.E.Miller)

ミラーは、政治学に計算機を使うことについて、使用可能なデータの発掘することの重要性や、プライバシーに関する情報の利用について解説し、新しい研究姿勢が求められていると主張しています。

Political Science and Computer Research（R.L.Merritt）

メリットは、政治学で計算機を使い統計処理を施した多くの事例を紹介しています。

Computer Content Analysis in International Relations Research（O.R.Holsti）

１９６５年の文献［Yale University 1965］にある論文を再録したものです。

Computers and the Muse of Literature（S.M.Parrish）

１９６５年の文献［Yale University 1965］にある論文を修正して再録したものです。

---

*90　ここらへんの論議の詳細は、多くの解説を必要とすることから、別稿に譲ることにします。現在、準備を進めているメタデータの解説文では、この論議について扱う予定です。

Computers and Research in Literary Analysis（K.Kroeber）

クローバーは、計算機を使った大規模な統計処理に期待していることを紹介しています。

The humanist who wishes to utilize computers has one central task: To tell the machine operators what he wants them to accomplish. This is simple, but not easy. A thoroughly lucid explanation of *what* I want to accomplish compels me to face *why* I want to do this work, with no refuge among the conventional pieties of my profession, and it forces me to define explicitly the meaning or meaninglessness of fundamental terminology in my discipline.（p.135）

「計算機を使い出すと、自分の仕事や問題意識をより明確にさせる必要がでてくる。」

人に教えることで自らの知識を整理する機会となるよう、計算機にデータを入力し処理の指示を与える際には、自分の問題意識や作業手順を再確認することにもなります。

Let me cite a specific example. I went to the University of Wisconsin's Computing Center and said, "I want to use your computers to analyze fictional prose style." The immediate answer I got was, "Fine, we think we can help you; but first you'll have to tell us what you mean by style." (p.135)

「例えば、フィクションの文体研究を計算機でするとき、文体の定義から始める必要がある。」

計算機は言葉を知らない天才で、やることはすごいのですが、物事を知りません。『フォレスト・ガンプ』の主人公ガンプに似ているでしょうか。ガンプの質問に戸惑いを覚えながらも、その時々にわたくしたちは自らを問い直し、結果として、研究の精度を上げてゆくことができます。計算機との対話で自らを問い直してゆきます。

My experience suggests that the computer provides the humanist not with new *answers* but with new *questions*; not with final solutions but with a clear understanding of fundamental problems. (p.136)

「計算機は新しい答えを示すものではなく、新しい問いかけを我々に求めてくる。」

資料を電子化する作業中によくある発見的行為も、このひとつなのかもしれません。計算機は自己発見行為を生む道具といえます。計算機は人を育てる道具です。

We are able with the machinery now available to detect as many peculiarities as we have the patience to uncover, but we are still helpless to attribute them to their sources in the inner working of the artist's mind.（p.146）

「計算機により多くの特徴抽出ができるようになったとはいえ、それは作家の心を見通す助けにはならない。」

計算機を使った科学的手法と、従来の人文学の研究手法から得られてきた考察とを結ぶことは簡単ではありません。それを覚悟の上で人文情報学に参加をすることが求められます。きれいな結果を性急に求めることのない姿勢が大切です。[*91]

The Innocent Linguist and the Unresentful Drudge（H.Kučera）

クチェラは、計算機により初めて異言語間の音韻体系を比べることができることを紹介しています。

Computers, of course, are very interesting machines in their own right, and those who have once worked them have a natural tendency to continue being fascinated by them.（p.157）

「計算機は一度使うと魅了される。」

It seems to me that the understanding of the potential of digital computers may actually trigger off new ideas in scholarship or, at least, aid in the formulation of more precise and more ambitious approaches to a problem which, otherwise, would have been tackled in a much more modest and limited manner, if it had been dealt with at all.（p.157）

「計算機を知ると、新たな研究意欲が沸いてくる。」

人文情報学に参加する研究者は、クチェラの考えに大いに共感すると思います。こう感じるからこそ、何か有益なことが計算機を使うことで人文学の領域から得られないかと探し続けているのでしょう。

Computers and The Testaments（J.W.Ellison）

１９６５年の文献［Yale University 1965］にある論文を修正して再録したものです。

＊91　その意味では、大学院生が人文情報学に参加をすることは、キャリア形成を考えると難しい選択になります。

Computer-Generated Concordances And Related Techniques In The Study Of Theology（J.G.Devine, S.J.）

デヴァインのこの論文は、１９６４年の資料［IBM 1964］でも発表している内容で、コンコーダンス作成の様子を紹介しています。

Musicology and the Computer: The Thematic Index（H.B.Lincoln）

リンカーンは、楽曲のテーマのリスト作りや、その分析に計算機を使う事例を紹介しています。

The person interested in the *analysis* of music, for example, will encode not just the incipits, but a *complete* composition, or even a whole repertory, and then have at his disposal the means of quickly ascertaining the location and number of a particular melodic conformation or the relative frequencies of certain harmonic combinations, just to name two of the many possible analytical procedures.（p.193）

「曲の一部ではなく全体を通して初めて分かることが知りたい。」

楽曲の分析では曲の一部分（テーマ）が全体の構成上重要な役割を果たしますが、計算機で楽譜が電子化されたときにはテーマのリストだけではなく、曲全体から検索をしたいという期待です。ちなみに、この論文には、計算機科学で扱うデータモデルの教材にとてもよい事例が紹介されています。音楽は身近なものであり、データ化の対象としての面白さを備えた、教育上のよい教材であると思います。

Two Problems in Musical Analysis: The Computer Lends a Hand（J.LaRue）

ラルーは、楽曲の分析に計算機を使った経験から得たことを紹介しています。

The difficulty, or at any rate the slowness, of communication between musicians and computers results from three causes: arithmetic, secret languages, and irrelevant statistics.（p.194）

「計算機が音楽論で導入が進まない背景には、算術、専門用語、不適切な数値の存在がある。」

これは全くもって納得の発言です。音楽という芸術分野で統計的な数値を出されても、演奏家にはピンとくるものがありません。これは統計の知識に疎いだけではなく、そもそも中心の値が演奏家にとっては本質的に意味がないからです。他の人の演奏と同じであることを目指すことなどあり得ず、自らの演奏スタイルを模索するのが彼らの仕事です。譜面通りの演奏が中心の値であったとしても、それを目指すことが演奏家の究極の目的ではありません。従って、この種の不適切な数値を研究者から示されると、一緒に仕事をしようとする意欲をなくしてしまいます。

If musicians dislike arithmetic, obviously it becomes more difficult for them to make friends with computers.（p.195)

「もし音楽家が数学を嫌いであれば、計算機とは上手くやってゆけない。」

音楽を学んできた人が、必ずしも数学が嫌いというわけではありません。ちなみに、数学を学んだ人には音楽好きの人が多いような印象があります。これは古代ギリシアでは数学と音楽が同じく基礎学問とされてきたことや、アインシュタインや寺田寅彦といった有名な科学者が演奏を好んだという事例だけではなく、数学を使い音楽の物理的な特性や西洋音楽の記号性を探ることができるという理論的な楽しさの面からも、そのような印象があります。

By way of illustrating this conflict in meaning, a communications engineer once said to me, “Music is a very *resistant information.*（...）”What he meant was, “We are having trouble finding a way to feed music into a computer." (p.196)

「音楽はやっかいな情報である。計算機に載せることが難しい。」

音楽は数学と相性が良く、また数学を元にして計算機の動作は決められていることから、音楽と計算機は相性が良いと思われます。実際、記号を表現するメディアの中では、音楽はテキストに次いで早くから計算機上で処理されてきました。ところが、楽曲の表面的な符号化・電子化は実現するものの、その演奏や解釈という、いわゆる芸術性を生み出す何かしらを計算機で処理することは、未だに上手くできないでいます。結局、わたくしたちが音楽をどのように認識しているのかという、人の理解が進んでいないことが、計算機を使った分析を停滞させています。計算機で楽曲を研究することは、人とは何かを研究する、まさに人文情報学の王道ともいえるものです。[*92]

As a slightly bitter by-product of this first investigation, the computer has made it

＊92 但し、人文情報学で音楽を研究領域とするものは、歴史は古いものの、あまり活発ではありません。どうしても芸術や工学の分野での活動内に収まってしまうようです。個人的には今後に期待したい分野です。

discouragingly clear that my precious timelines, which look nearly a year to prepare, have many faults in logic and inadequacies in concept. This means revision and new work, of course, but in a large context it shows that the great new computing tools can really help us to grow and mature in our analytical thinking.（p.202）

「計算機を使った研究では常に修正されることが求められてくる。」

人の感性に関わる何かしらを対象とする研究では、そこに真理を求めることは難しいことから、それはモデル研究となります。先に解説したように、モデル研究では常に修正作業が繰り返され、モデルの完成度を高めてゆきます。修正するポイントを見いだす時、自らの手でデータを作ると、その発見が容易になります。

Some New Paths for Music Bibliography（B.S.Brook）

ブルックは、楽論に関する紙資料の扱いについて、実例を交えて紹介しています。

A great value of automatic data processing is that once the data is stored a variety of indexing techniques and automatic print-outs is possible.（p.207）

「一度電子化されれば、様々な加工が容易になる。」

電子資料を作成するときに目標に掲げられるキーワードのひとつに、〝one-source, multi-use〟というものがあります。一度作られた電子資料をいくつものケースで利用しようとするものです。これは長らく電子資料を作成する際の目標とされてきました。例えば、80年代にその骨子がまとめられたＴＥＩガイドラインでもこの哲学を基本としています。しかし、歴史が示すところでは、一度作られた資料がそのまま多様なケースで使われることはまれです。現実には、それぞれの利用場面において電子資料は改変・修正・変換されています。これは、未来の使用場面を想定しきれないという、要求分析の限界からしても当然のことですし、研究者が持つ独特の視点に従いデータが修正・変換されることは自然なことだからです。

電子資料は大きく分けると、⑴電子ファクシミリ版（画像データ版）、⑵テキストデータ版（マークアップデータ版）、⑶バイナリ版（ソフトウェア版）の3種類があり、その使用対象からすると、ⓐ研究者向け、ⓑ一般向け、ⓒ教育向けに分類できます。一般には、バイナリ版は一般向けや教育向けに作られ、電子ファクシミリ版とテキストデータ版は研究者向けに作られます。[*93] 電子ファ

＊93　この分類は、人文情報学でこれまでに作られてきた電子資料を分類したときのもので、一般向けの電子資料いわゆる電子ブックでは（1）（2）（3）の全てに対応する場合があります。

クシミリ版の場合には、データ形式の問題は殆どありません。[*94] 問題となるのはテキストデータ版の場合です。テキストを対象とした研究では、本文としてあるテキストデータそのものから得られる情報だけから研究を進めることはまれなことです。実際には、テキストに独自のアノテーションを加えてゆき、それをまとめて分析する作業が必要となります。そうなると、自らの研究で必要となる電子テキストは独自に加工されたデータであり、その分析には、時として独自のソフトウェアを使う方が効率的である場合があります。このように、人文情報学で使われる電子資料では、容易に加工できることが利点となり、これは"one-source, multi-use"とは対極にある哲学です。電子資料のデータ形式を検討する場合には、将来に利用される多様性にどこまで寛容であるかという視点が導入されることになります。[*95]

"This Wonderful Machine": Some Thoughts on Computers and the Humanities（C.Blitzer）

ブリツァーは、人文学に計算機を導入することそのものを考察しています。

It is often said that the great glory of computers is that they can free scholars for creative work by relieving them of tedious routine chores. This statement is true, but it leaves out the very considerable amount of tedious routine that is necessarily involved in the use of computers themselves — in the preparations of data, in programming, and so forth.（p.223）

「計算機を使い多くの労力を省くことはできるものの、代わりに資料を電子化したり、プログラムを書いたりする仕事は増える。」

何かを楽にしたとしても研究者がやるべき仕事の総量は変わらないということです。計算機が導入され、紙資料が減るとされてきましたが、現実には使用される紙の消費量は増えました。インターネットにより、情報を検索する時間は短くなったと感じられていますが、図書館にあるような情報はネット上には殆どなく、結果として、他人より多くの情報を手に入れるためには、ネットと図書館の双方を調べることになり、作業時間の総量は減りはしませんでした。[*96] 計算機が仕事に使われるようになると、仕事は楽になるといわれていましたが、現実には、事務仕事の口は減

＊94　メタデータの問題はあります。

＊95　その意味で80年代の哲学の影響が強いＴＥＩガイドラインが示すスキームは参考程度の利用にとどめた方が良いでしょう。但しＴＥＩの理解は必要です。ＴＥＩを参考とした独自のスキーム作成については、大矢(2006)「マークアップの課題をsyntaxから見た分類と解決のステップ」『TEI Day in Kyoto 2006 報告書』京都大学、をご参照ください。

＊96　図書館を使わずに満足してしまう人が増えていることは確かです。図書館を使わず情報に満足している人は、ヘッドフォンだけで音楽を聴いているようなものです。ヘッドフォンで聴く音楽体験しかない人には、ぜひ生の演奏が持つ音域の広さを体感して欲しいものです。よい演奏会を見つけるのが難しいようであれば、大型のスピーカーを通して聴いてみてください。空気から情報を感じる体験ができるはずです。図書館でも、情報の種類や広がりを体から感じる体験ができます。

り、人が必要とされる仕事としては肉体を使うものが残され、人の仕事は楽にはなりませんでした。人の環境を変えると、環境における人の位置づけも変化することに、わたくしたちは思い至るのが不得手です。

計算機を導入しても仕事の総量は変わらない例を紹介しましたが、世の中の多くの仕事は計算機システムに取って代わられてゆくことが予想されています。しかもこの予想は［Frey and Osborne 2013］*97 により実証的に示されてしまいました。さらに、人工知能の華々しい成果報告もこの時期から多く紹介され、計算機が仕事を奪うという未来予測は一気に世間の常識となった感があります。但し、仕事がなくなるというケースは、新しい技術によってのみ引き起こされるものではありません。多くは、人が面倒と感じることから起こります。図書館で働く司書の職場が減ってきていることは、まさにこれに起因しています。図書館で働く司書は、本にラベルを貼る軽作業を外注しました。次に、本の移動という重労働を外注しました。今では、人と接するカウンター業務も外注されるようになり、さらに選書すらも外注に任せている図書館があります。結果として、司書の仕事で外注できないものはなくなりました。ちなみに、［Frey and Osborne 2013］によれば、事務担当の司書と、技術担当の司書は、9割以上の確率でなくなると予想されています。

計算機を導入しても仕事量が変わらない作業がある一方で、計算機に取って代わられてしまう作業がある、この2つの違いはどこにあるのでしょうか。この答えも［Frey and Osborne

2013］に示されています。キーワードは「人間」です。人間が求めるもの（情報、娯楽）、人間が創るもの（芸術、視点）、人間の技が求められているもの（解釈、演奏、工芸）、人間の命に関わるもの（医師、看護、介護）に関する仕事は、減ることはないと予想されています。これは人文情報学の活動を考える際にも良い指標となるでしょう。人が手間をかけることを惜しまないこと、人の手間が価値を生むことに注目すべきです。[*98]

The Luddites have already been mentioned, and I find myself wondering whether we are here faced with some sort of confrontation between the scholarly equivalents of mass production on the one hand and craftsmanship on the other. Surely, following the precedent of mass production, we should rejoice at the vast amounts of information that computers promise to make available to us. Why, then, are we uneasy? Presumably because we fear that a certain special kind of quality may be sacrificed to the gods of quantity — or, perhaps more precisely in this context, to the demigods of speed and simplicity.（p.224）

＊97　C.B.Frey and M.A.Osborne（2013）*The Future of Employment: How Susceptible are Jobs to Computerisation?*, the Oxford Martin Programme on Technology and Employment

＊98　"God is in the detail"とは、一手間を惜しまない努力により人の価値は高まることを示す、よい言葉です。

「計算機に仕事を任せることで不安を感じるのは、どこかしら大切な質的情報が抜け落ちてしまうのではと不安を感じるからである。」

これは大切な直感です。職人は信頼できるまでに道具を改良しようとする結果、場面や用途に合わせて沢山の道具を作ります。これは道具に任せること、すなわち不安や違和感が全くない信頼できる道具を作り出すまでには細かな調整や種類が必要になるということです。素人はそこまでの信頼関係を道具には求めません。道具への不安感をなくす努力は、仕事への真剣度そのものの現れだと思います。こう考えたとき、電子化される資料に対する気配りは、電子資料にどれだけの期待と何を求めているのかという研究姿勢を映していると考えられます。人文情報学で電子資料を作成する際には、研究者として相応しい精度の資料作りに励むことが求められます。*99

Man and the Machine

このパネルディスカッションは、1965年1月22日エール大学で開催された会議でバーズ（Barz）が発言した内容を元に論議されています。

アベルソン（R.Abelson）

In many cases, you may already know the answer without knowing that you know it. I would propose that a problem is well ordered if you can anticipate or intuitively know in detail what sort of thing follows what sort thing under what conditions in working out the problem or process. If you have this detailed intuition then the problem may be capable of actualization on the computer:（p.233)

「大抵は、知らないうちに答えを知っているものである。」

人は闇雲に問題解決に取り組んでいるのではなく、ある想定を持ちながら、その確証を得るために観察や分析を進めて、最終的な解を得るに至ります。ある意味、わたくしたちは答えを知っていながら、研究を進めていることになります。答えを知らないから実験や観察に失敗している

＊99　一定の量を必要とする研究、例えば、統計的手法を使う活動では、それなりの量の電子資料を文字通り機械的に作ることが避けられません。職人で例えれば、ホチキスでプレハブ住宅を建てるようなものです。一般向けや実用向けの資料ではこのような手法も重要になってきますが、個人やひとに焦点をあてた研究においては不適切な手法といえます。言語研究でいえば、ラング研究では使えても、パロール研究では不適切な手法になります。

のです。これは事後解説のことではありません。計算機を使う研究では、計算機がわたくしたちが想定していない答えを出すことはないということです。研究者が想定した解がなければ、計算機はその解を求めることはできません。

Computers in Humanistic Research

計算機の役割について哲学的な論議がされている中で、ヘイズ(R.M.Hayes)が以下の発言をしています。

The question which is posed, Does the computer have a significant role to play in humanistic research?, involves a great deal of speculation about *how* the computer might be used, including the performance of relatively simple clerical tasks, such as the preparation of concordances and statistical analyses — as well as more complex functions. But it also involves more basic issues: *Can* it really be used effectively in humanistic research, and *should* it be used? (p.238)

「計算機は人文学の研究に実質的な貢献をするのだろうか。」

これはいまだに人文情報学に参加する研究者が自らに問いかけています。人文情報学は、計算機の応用分野として発展してきた歴史があります。これは言い換えると、計算機の能力が高まればその応用分野である人文情報学も変化してゆくことです。そうした変化を常に伴うことが運命づけられている人文情報学は、変化をすると従来からの研究成果との連続性を保つことが難しくなる人文学研究とは、相性が良くないのかもしれません。計算機が欠かせない人文学研究を実現するためにすべきことは、まだ多く残されています。

Th Practical Problems; What Does the Humanist Have To Know and Do To Use the Computer?

人文学者の姿勢について論議がされています。この中でケール（W.B.Kehl）は、以下の主張を展開しています。

> You know, that's one of the funny things about it: A physicist or a crystallographer will point out to you he's doing very high-level work. Notice that every time he talks about his crystallographic results, not his computational sophistication.（p.251）

「科学者の発表では研究結果が重要で、その過程で計算機をどのように導入したのかを前面に出すことはない。」

科学の世界では、例えば、観察の精度を上げるために計算機を導入したり、また新しいソフトウェアを開発したりすることがあっても、それは発表内容となる結果を得るまでの当然の活動と見なされ、その工夫自体は成果の中心にはなりません。ハッブル宇宙望遠鏡のような最新の道具を開発したとしても、そのお披露目では、それを使うことで見つけられた新しい研究成果を発表することで、間接的にその道具を評価しています。あくまでも発表の中心は新しい発見の方にあります。ところが、人文情報学の研究発表では、現在でも、計算機を導入したことを研究発表の中心とすることが多く、その結果として分かったことは参考程度に扱われることがあります。もちろん、そもそも人文情報学は、人文学に計算機の導入を試みる活動ですから、その導入の工夫自体が研究成果となるのは自然なことです。けれども、より質の高い学術研究としてあろうとするのであれば、人文情報学においても、導入したこと自体で発表内容とするのに留まらず、その結果として得られた新しい成果をもって発表内容とする姿勢を求めるべきでしょう。[*100]

So instead of a FORTRAN language, the humanists need a language which will let them do the kinds of things they want to do, such as LISP or PL/I. Now the reason we computer people get interested in this aspect is that if we wanted to design such a new language, we had to do enough work with people in these areas in order to find out what they wanted to do.（p.251）

「人文学の仕事に特化したプログラミング言語の開発に興味がある。」

これは大変面白い発言です。人文学研究に特化したソフトウェアや、さらにはプログラミング言語があってもよいはずです。ケールの主張と同じ意見が、この後の論集でも展開されています。

＊100　実際には、自らの研究活動を振り返ってみると、導入したが上手くいかなかったり、導入そのものが困難であったという発見をしたり、導入後に新しい成果を見つけたけれども、それが全く未知の問題を伴うもので、それが理解できないことには成果が発表できない、などの経験をしてきました。確かに、これらは科学研究においても日常的に起こることで、しかもこれらはあくまでも研究の前段階と位置づけられています。しかし、人文情報学に参加する研究者の数は多くなく、また成果の積み上げも難しい現状では、科学研究の様式に則った発表だけでは、コミュニティの研究資産は増えそうにないことも事実です。人文情報学では、多様な成果発表を認める寛容さが現段階では必要なのかもしれません。

11　人文情報学の確立（１９７１年）

これまでに紹介した論集やそれに収録されていた論文は、何かしらの支援をＩＢＭから受けていました。ところが、ここで紹介する *The computer in literary and linguistic research*[*101] は、ＩＢＭからは直接の支援を受けていない学術会議の記録で、１９７０年3月23日にケンブリッジ大学で開催された会議の発表をまとめたものです。オーストラリア、ベルギー、カナダ、ドイツ、イタリア、オランダ、ノルウェー、アメリカからの参加者が集ったと記されています。この論集の編集者はロンドン大学キングスカレッジの人文学者です。この会議は、現在ある人文情報学に繋がる初めての大規模な研究集会と位置づけられています。その理由としては、ＩＢＭの販路拡大の思惑が含まれていないこと、人文学者が主体となった研究活動であること、研究内容がテキストを中心とする研究に絞られていることなどが挙げられます。収録されている論文は、これまでの論集に見られた哲学的な発言や今後の見通しなどを展開する論調のものは減り、実質的な研究活動の成果報告を例示したりする、い

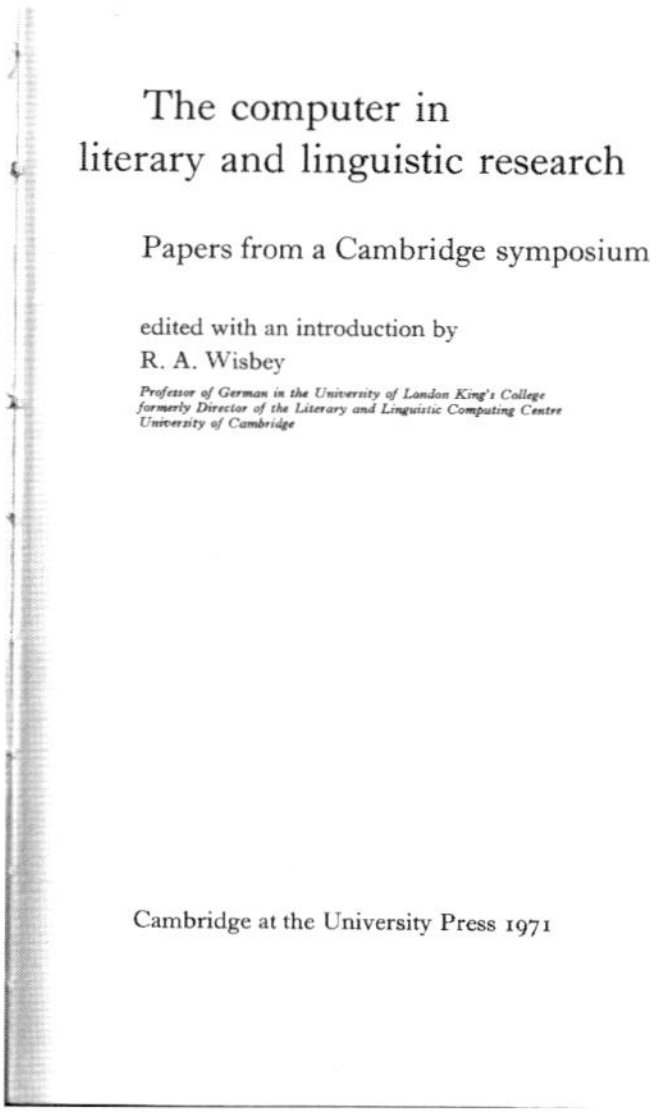
The computer in
literary and linguistic research

Papers from a Cambridge symposium

edited with an introduction by
R. A. Wisbey
Professor of German in the University of London King's College
formerly Director of the Literary and Linguistic Computing Centre
University of Cambridge

Cambridge at the University Press 1971

図16　Wisbey 1971

*101 R.A.Wisbey ed. (1971) Cambridge University Press

1 Historical Dictionaries and the Computer (R.Wisbey)
2 The Production of Concordances from Diplomatic Transcriptions of Early Medieval German Manuscripts: some comments (B.O.Murdoch)
3 The Computer and Literary Editing: Archievements and Prospects (H.Love)
4 The Computer in Historical Collation: Use of the IBM 360/75 in Collating Multiple Editions of A Midsummer Night's Dream (R.L.Widmann)
5 A Method of 'author' Identication (A.McKinnon and R.Webster)
6 Computer Assistance in Language Learning and in Authorship Identication (M.H.T.Alford)
7 Sorting the French Vocabulary according to Word Endings (C.Dudrap and G.Emery)
8 The Role of the Computer in Selectiing Contemporary German Prose for a beginners' (second stage) course (S.Kanocz and A.Wolff)
9 The Use of Word Frequency in Language Course Writing (D.G.Burnett-Hall and P.Stupples)
10 Mathematical Modelling in Stylistics: Its Extent and General Limitations (D.R.Tallentire)
11 Computer Stylistics: Swift and some Contemporaries (P.Köster)
12 Sonnets and Computers: an Experimant in Stylistic Analysis using an Elliott 503 Computer (J.Leighton)
13 Collocations as a Measure of Stylistic Variety (P.I.Haskel)
14 The Possible Usefulness of Poetry Generation (L.T.Milic)
15 Automatic Alphatbetization of Arabic Words: a Problem of Graphic Morphology and Combinatorial Logic (R.D.Bathurst)
16 Some Oxford Projects in Oriental Languages (A.Jones)
17 What to Tell the Programmer (J.G.B.Heal)
18 The Use of a Formally Dened Structure for the Input of Data from the British Museum Catalogue of Printed Books (E.Wilson)
19 The Use of an SC4020 for Output of a Concordance Program (R.F.Churchhouse and S.Hockey)
20 A Versatile Concordance Program for a Textual Archive (N.Hamilton-Smith)
21 FORTRAN as a Language for Linguists (A.C.Day)
22 Designing a Programming Language for Use in Literary Studies (M.F.Porter)
23 POP-2 as a Programming Language for Literary Research (M.G.Farringdon)
24 A Command Language for Text Processing (B.H.Rudall)
25 A Frequency Cound Package for Literary Research: an Example of Literary Program Design (E.B.James and C.Allwright)

図17 目次 (Wisbey 1971)

わゆる学術論文であるものが多いのも、この論集の特徴です。人文情報学という学術領域が確立されてきたことが判ります。現在の人文情報学と比べると、芸術的な要素が少ないと感じるかもしれません。しかしこれは、胎動期の後に続く基礎確立期への入り口とみなせば、その後の歴史がテキスト中心の技術開発や電子資料が作られたことからすると、これが人文情報学の出発点に相応しいことがわかります。総数３０９ページで、目次は図17のようになっています。

なお、この論集に収録されている論文は学術論文であるものが多いため、その要旨を解説と共に作ることが難しいことから、多くはごく簡単に内容を紹介することに留めます。みなさん自身の研究と関係があると思われる論文には、ぜひ直接あたってください。

Historical dictionary and the computer（A.J.Aitken）

エイトケンは、計算機を使った辞書作りの実際について、技術以外の話を中心に解説しています。

Publications from an archive of computer-readable literary texts（R.Wisbey）

ウィスベイは、写本の機械可読ファクシミリ版（machine-readable manuscript facsimiles）の作成方法を解説し、研究の上でコンコーダンスが果たす役割を解説しています。

With the aid of a concordance the scholar can quickly trace all the passages where a philosopher employs a specific concept or a poet a particular image. Merely to group such elements in a concordance is a creative act which renders inescapable certain insights into the linguistic preferences of an author.（p.25)

「コンコーダンスがあることで作者独自の考え方が分かるようになる。コンコーダンスは人の嗜好を見いだす創造的な産物である。」

コンコーダンスを使う作家研究がいつ頃の時代から主流ではなくなってしまったのか、個人的にはとても興味があります。

The production of concordances from diplomatic transcriptions of Early Medieval German manuscript: some comments（B.O.Murdoch）

マードックは、電子資料を作成する際の注意点を解説しています。

The major consideration is to keep as close to the printed diplomatic as possible. It is not always easy for the scholar to keep separate in his mind the quite different processes of scholarly editing and pre-editing for the computer, but the urge to make sometimes quite obvious emendations has to be resisted if any degree of consistency is to be achieved. Even so, it is impossible to be entirely consistent.（p.37）

「できるだけ情報を落とさずに電子化することは、現実には不可能ではあるが、それを追求することが学術資料では求められる。」

写本などの手書きの資料を電子化する場合、そこにある情報そのままを写し取る電子資料は、画像データとしての電子ファクシミリ版だけです。しかし、テキストデータ版でありながら、できるだけ元の資料と同じようにテキスト内容を電子化する手法があります。これを"diplomatic edition"といいます。*102 但し、電子資料のテキスト版では元の資料を同じように電子化することはできません。そこで電子資料テキストデータ版の diplomatic edition では、元資料のどのポイントを忠実に符号化するのかを、事前に決めておく必要があります。この検討が人文情報学では重要な研究のひとつとなります。

The Computer and literary editing: achievements and prospects（H.Love）

ラブは、電子資料の編集方法には様々な編集スタイルがあることを紹介しています。

The computer in historical collation: use of the IBM 360/75 in collating multiple editiions of A Midsummer Night's Dream（R.L.Widmann）

ヴィトマンは、限られた文字種の中で電子資料を作る方法を解説しています。

ちなみに、ヴィトマンの解説では〝copy-text〟には2つの意味があり、ひとつは印刷されたテキスト、もうひとつはある作品の全ての版（テキスト）という意味があるとしています。人文情報学では、このどちらの意味もよく使われることから、注意が必要です。特に、ある作品の全ての紙資料を対象とした電子校勘版を作成するとき、この用語を多用すると、その電子資料を解説する文章が読みにくくなりますので注意してください。

A method of 'author' identification（A.McKinnton and R.Webster）

マッキントンとウェブスターは、キルケゴールの作品同定で採られる各種の方法について考察しています。

＊102 ちなみに、電子資料のテキストデータ版を作成する編集方法としては、この diplomatic edition の他にも、critical edition（校勘版）や parallel-text edition（並記版）などがあります。

Computer assistance in language learning and in authorship identification（M.H.T.Alford）

アルフォードは、計算機を語学教育に使う方法について考察しています。

In particular, the rearrangement must take into account the individual's history of past learning and his future prospects at any moment, since these factors have a major influence on the efficiency of his current activity. Only the computer can carry out these complex tasks.（p.77）

「学習者各々の学習進度に合わせて学習内容を変更するような仕組みは、計算機によって初めて実現できる。」

これは現在のオンライン大学で実現されているような仕組みです。ＭＯＯＣｓ（Massive Open-Online Courses）といった大規模のオンライン学習システムでは、学生の学習進度が全て記録されています。例えば、学習単元の進度状況、ある単元を終了するまでにかけられた時間、練習問題での正答率や誤答率の高い内容の傾向、単元修了時の成績など、リアルタイム性を生かしたあらゆる記録が録られています。従来、学習者が学ぶ状況は、教材や問題を作る際には想像することでしか得られず、また実際の教育現場では、テストの成績から修得の度合いは測れても、理解に達するまでの過程、いわゆる学びのスタイルを知ることはできませんでした。結果として個人指導ではないマス教育では、スケジュールに沿った授業の進行に個々の生徒は自分の学習スタイルを合わせる必要がありました。これがオンライン学習システムになると、計算機は個人の学習スタイルに合わせて支援をすることができます[*103]。このような学習システムは人文情報学とは関係のない分野ではあるものの、電子資料を学術利用ではなく、教育目的で作成する要求に対応する場合の知識として、オンライン学習で求められる資料の性格を理解しておくことは無駄ではありません。

Computer programs can be applied to text to obtain data for two different types of analysis which determine 'author psychology' and 'reader psychology'. With authors, the purposes of analysis may be to establish personal identity, characteristics or sources of influence. With readers, it is the linguistic learning resulting from exposure to given texts, or to literature of a certain type, which can be assessed.（p.80）

*103 機能としては良い点を多く持つオンライン学習システムですが、運用の面には課題を残しています。例えば、大量の学習者に対して成績を出すためには、評価も自動化される必要がありますが、これはあまり上手くいっていません。また、学習者同士で評価をし合う、いわゆるピア評価を導入するケースでは、良い成績を得られる学生が、教師が成績を与える場合よりも極端に少数になる傾向が報告されています。相互評価は運営の効率が良いですが、学習者のモチベーションを下げかねないリスクを伴うようです。

「計算機は著者と読者の双方の心を分析することができる。」

教育の場面で学習者の理解の過程を垣間見ることができることと同じように、計算機は読書の場面で読者の作品に対する何かしらの心の動きを記録することに使うことができるのではないのかという希望です。例えば、読書という行為を行動科学的に分析することで、読者の心の動きを知るヒントが得られるかもしれません。読書の行動科学的分析とは、例えば、本を読んでいる人を観察してみると、ひとは随分と姿勢を変えながら読書を続けていることがわかります。じっとしている読書ということは、イメージの世界だけのもので、現実にはとても不自然な読書です。[*104] この読書中の行動を分析することで、その人の思考スタイルや最適な学習姿勢が分かるかもしれません。読書に伴う行動として、例えば、指さし確認をするといった行動を伴う読書は、内容の理解度を高めているという研究報告もあります。[*105] このような読者の心を行動科学的に分析するアプローチは、各種センサがコモディティ化したことから、今後はいっそう盛んになってくると思われます。

Sorting the French vocabulary according to word endings（C.Dudrap and G.Emery）

ダドラップとエメリは、フランス語コーパスの作成から利用までを解説しています。

The role of the computer in selecting contemporary German prose for a beginner's（second stage）course（S.Kanocz and A.Wolff）

カノーチュとウォルフは、ドイツ語コーパスを作る手法を解説しています。

The use of word frequency in language course writing（D.G.Burnett-Hall and P.Stupples）

バーネットホールとスタプルズは、中等教育の語学教育における、ロシア語学習におけるコーパスの利用について解説しています。

Mathematical modelling in stylistics: its extent and general limitations（D.R.Tallentire）

タレンティーレは、スタイル研究における統計情報の位置づけについて解説しています。

It is the intention of this paper, therefore, to indicate the diversity of mathematical modelling in stylistics, and to suggest some of the reasons why contradictions arise in applications of

---

＊104 その意味で、学校でよく見かける授業中の読書活動はどう見ても不自然で、戦時中に定着したとされる軍隊教育のスタイル、例えば挨拶の仕方にみられる強制的な型教育がここでも採用されています。

＊105 気付きの能力が高まるという成果が確認されています。柴田ほか（2011）「文書タッチが読みに与える影響：校正作業での紙とiPadの比較」『ＨＩＳ ２０１１』ヒューマンインタフェースシンポジウム

these analogues to literature.（p.117）

「スタイル研究で使われる数学モデルは多様で難しい。」

Until recently, as Gustav Herdan pointed out, it was felt 'that language was all deterministic and had nothing to do with chance.' Such a simplistic view is no longer tenable.（p.118）

「言語は決定的であり確率とは無縁とされてきたが、そんなことはない。」

However, the fact that a model is an organized representation of reality ensures that such an ideal is short lived, since sooner or later new data will contradict the predictions of the model.（p.119）

「モデルが現実を永遠に反映していることはなく、将来の新データにより必ず修正される。」

モデル研究の重要性とその特徴が、ここでも解説されています。

However, it is often forgotten that mathematics can at best provide *analogues* of literary style, just as the fact is neglected that statistics can at best suggest probabilistic tendencies in literature (not proofs).（p.128)

「数学モデルは高々文体を真似ているだけで、せいぜいそうらしいということを示すのみである。」

モデルをどのように人文学の従来の評価基準に導入するのかは、人文情報学の重要な論点です。

In addition, all models, deterministic and stochastic, must pre-select their parameters for study and in doing so often obscure the details that delineate the style they seek.（p.128)

「どのようなモデルでも、事前にパラメータを設定する必要があるため、研究対象である文体の正体を曖昧にしてしまうことがある。」

計算機科学で問題解決をする多くのケースで、ヒューリスティックな解決手法が採られています。問題を解くために、考えられるあらゆる工夫がプログラムのソースコードの中に取り込まれてゆきます。しかし、その工夫が当該問題とどのような関係にあるのかは論議の対象とはなりません。そして、関連性が全く想定されない手段でも、よい結果を得られれば高く評価されます。このような問題解決のスタイルにおいては、工夫として公開された手法の他にも、その工夫点をうまく活用するために、さらに別の工夫が施されていることが殆どで、そしてこれらの隠れた工夫は公表されることはありません。理由は、それらを全て公表することが不可能だからです。この公開されないことが暗黙の前提であることを利用して、本来はすべきではない不適切な工夫を加えることも技術的には可能です。人文情報学では、この手法に慣れていないのであれば、適切性の判断が上手く働かなかった場合を想定して、作業手順の工夫は慎重にすべきであると思います。先述したように、モデルには客観的なものは存在しません。モデル自体は人が作り出したもので、その適応範囲の広さで真理に近いものとして受け入れられてゆきます。経験の浅いうちは、一足飛びに理想と考えるモデルを試したり提案することなく、慎重になった方がよいでしょう。

Computer stylistics: Swift and some contmporaries（P. Köster）

ケスターは、スウィフトの作品であるかを判定する試みの手順を解説しています。

Sonnets and computers: an experiment in stylistic analysis using an Elliott 503 computer（J.Leighton）

ライトンは、ソネット研究におけるプログラミングについて、具体的な手法を解説しています。

Collocations as ameasure of stylistic variety（P.I.Haskel）

ハシュケルは、コロケーション情報を使ったスタイル分析について、少ない語数からそれを実践する工夫を解説しています。

The possible usefulness of poetry generation（L.T.Milic）

ミリクは、計算機を使った詩の自動作成の試みについて解説をしています。論理的破綻や意味的つながりの破綻から詩が生み出されるという命題を、計算機でシミュレーションをすることで証明しようとしています。

Automatic alphabetization of Arabic words ― A problem of graphic morphology and combinatorial logic ―（R.D.Bathurst）

バサーストは、アラビア文字を計算機で表現する課題を解説しています。

Some Oxford projects in oriental language（A.Jones）

ジョーンズは、中東地域の言語を計算機で扱う方法について解説しています。

What to tell the programmer（J.G.B.Heal）

ヒールは、計算機が使用できる限られた文字種で多様な記号を扱う際の注意点について、代替文字と並び替えの問題などを解説しています。

The use of a formally structure for the input of data from the British Museum Catalogue of Printed Books（E.Wilson）

ウィルソンは、古い版本向けカタログが持つデータ構造について解説しています。

The use of an SC4020 for output of a concordance program（R.F.Churchhouse and S.Hocky）

チャーチハウスとホッケイは、Atlas Computer Laboratoryで行われたコンコーダンス作成プロジェクトを通して得られた知見について、多様な字形に対応する方法を交えて報告しています。

A versatile concordance program for a textual arhive（N.Hamilton-Smith）

ハミルトンスミスは、コンコーダンスを作成する時のデータ入力のあり方について、データ化される対象と実際に入力される情報との関係を解説しています。

FORTRAN as a language for linguists（A.Colin Day）

コリン・デイは、ＦＯＲＴＲＡＮで言語資料を扱う際に必要となるデータ構造について解説しています。

Designing a programming language for use in literary studies（M.F.Porter）

ポーターは、言語分析に特化したツール（ソフトウェア）を開発するという考え方を解説しています。

To clarify these ideas let us suppose that T is a specimen of text and S is a description of some syntactic form, S could be thought of as 'the next word', 'the next pair of blank lines', 'the pair of adjacent words in the next line which comprise the maximum number of letters', and so on. We could think of a command ``T S'' as being an attempt to find in T the syntactic form described by S.（p.261）

「文字列Ｔに分析Ｓを施すとき、'T S'と命令できるのはどうだろう。」

このような使い方ができるソフトウェアやプログラミング言語があれば、どれだけ便利なことでしょう。これまでこのようなＳには、計算機の能力を無視した夢見がちな命令、またはプログラマの忍耐でしか絶えられない細かな手順しか考えられてきませんでした。今後は、これら両極端に寄らない機能(命令)Sを開発してゆくことも、研究の選択肢として考えられると思います。

POP-2 as a programming language for literary research（M.G.Farringdon）

ファーリンドンは、プログラミング言語ＰＯＰ２についてサンプルコードを交えながら解説しています。

A command language for text processing（B.H.Rudall）

ラダルは、言語処理向けの特定ツール(コマンド)を作る構想を解説しています。

Fortunately, however, many symbol-manipulating languages have been designed and implemented, and the researcher in a particular field who has expert programming assistance or the capacity to learn programming is not entirely neglected. But does the scholar in the Humanities have to learn a language like PL/1 — a symbol-manipulating language like COMIT, developed at MIT for linguistic studies, before he can use a computer as an information processing machine?（p.281）

「これまでに多くのプログラミング言語が作られ、それを使うことができる人間が研究支援者となっていた。しかし、人文学の研究者の場合、計算機を道具として使う前に、まず自身がプログラミング言語を学ばなければならない。」

人文情報学に携わる研究者の中には、自らはプログラミングをしない人もいまだにいます。自らの仕事として計算機を使うのであれば、それはアプリケーションを使うことではなくプログラミングをすることであるという認識が、いつの日か当然のこととして受け入れられるようになることを期待したいです。

A frequency count package for literary research: an example of literary program design（E.B.James and C.Allwright）

ジェームズとオルライトは、人文学向けの新しいプログラミング言語の仕様案を紹介しています。

Literary and linguistic studies are likely to have much more limited requirements than those provided for by the FORTRAN language. This argument seems to point to the need for a special language for the literary user, but it is uncertain where the effort can exist to create such a language, and it is certain that there will be no general agreement upon its structure.（p.290)

「人文学研究で使われる独自のプログラミング言語は必要であろうが、どのように作るのかが難しい。」

数式処理に特化したプログラミング言語としてＦＯＲＴＲＡＮが開発されました。プログラミング言語の開発初期には、オフィス向けにはＣＯＢＯＬ、教育向けにはＢＡＳＩＣなどの言語が開発され、その後は汎用性の高いC言語などが開発されてきました。現在は、汎用プログラミング言語でソースコードを書くのではなく、データの処理目的に合わせて、統計ソフトや画像解析ソフトといった、特殊目的のソフトを使って分析をすることも増えてきています。このように考えると、人文情報学においても、自分たちに特化したデータ処理のプログラミング言語やソフトウェアがあって欲しいと思うのは自然なことだと思います。現在では、プログラミング言語の開発で汎用性を犠牲にすることは考えられませんから、人文学研究向けのライブラリを開発することになるのでしょう。今後、ライブラリ開発が人文情報学の大きな活動の柱になるよう、自らも努力してゆきたいと考えています。

12 さいごに

如何でしたでしょうか。胎動期の研究者たちは、人文学者も計算機科学者も、素朴な直感や希望であったにもかかわらず、問題の本質的なポイントをよく見抜いていたのではないかと思います。もちろん、小冊子という制約のために引用の価値は低いと見なした論文は解説を省略していることから、編集上、未来を見抜いていた論文が多い印象を与えていることは事実です。それでも、この小冊子で紹介した資料からは、現実にある目の前の課題を見ているだけでは将来像が見えなくなってしまっている人文情報学が現状から抜け出すヒントとなるようなアイディアや目標が得られたのではないでしょうか。

この数年、口の悪い研究者の間では「人文情報学バブル」と呼ばれている現象が起きています。北米や欧州において、人文学に計算機を導入する研究プロジェクトに巨大な予算が付くようになったからです。そのような活動として以前から存在していた人文情報学は、その資金を受け入れる母体となってしまいました。また、予算が集まるところには人も集まってきます。この数年で、人文情報学のコミュニティの性格は大きく変化しています。また今回の動向の特徴として、新たに人文情報学へ参加した研究者の大半は人文学者でした。これは胎動期に工学者が参加してきた様子とは異なります。その結果としては、人文情報学は人文学であると主張する研究者が増えてきた感想をわたくしは持っています。この小冊子が、人文情報学の歴史を知る資料として広く人文情報学に参入される研究者に読まれ、改めて研究の存在意義を考える材料となりますことを願っております。

また工学者にも、この小冊子を通して、計算機科学という研究分野を立ち上げていた時期に人工知能研究について考えていたことが、現在においても示唆に富む意見であることを再発見して欲しいと思います。道具があったとしても、それを使えるから使うというのは子供のすることです。道具は目的に合わせて選択するのが思慮ある行動です。計算機をどのような場面で使い、使わない場面はどのようなものであるのかについての論議は、社会学者からは発言されても、工学者から発言されることは殆どありません。もちろん、そもそも工学教育にこれを求めることは現実的ではないのかもしれません。するとわたくしたち人文情報学に携わる研究者にとっては、この役目を人文情報学が担うものと考えた方が建設的なのかもしれません。その意味では、人文情報学を人間に焦点を当てた人間科学と位置づけることには、もうひとつ新しい役目が加わることにもなります。

計算機の進歩の勢いは、まだまだ留まりそうにありません。人工知能研究もこれからは加速の一途を辿ってゆくことでしょう。それでも、人工知能は人の機能を選択的に模倣したものにすぎません。人間過ぎる人工知能は人間に嫌われます。作られる人工知能は、世の中には存在しないものの仮想的には存在して欲しい人間のモデルにすぎません。もちろん、中には、人がやりたがらない仕事に従事させる人工知能も作られることがあるでしょう。但し、そのために作られた人工知能は必ず人間に取り返しのつかない害をもたらすでしょう。これはこの小冊子中でも紹介してきた歴史をみても明らかです。[*106] このような未来の中で、わたくしたちがよりよい生活を送るためには、社会の中で計算機と競争することが避けられません。人工知能は有能な人の模倣であるとしても、模倣である以上、それを超えられないことはないはずです。もちろん、時に人工知能に勝利したとしても、人工知能はすぐにその能力を身につけ、わたくしたちを凌駕します。それでも、わたくしたちは計算機を競争相手と見なし、受け入れてゆかねばなりません。人文情報学は、計算機を通して人間の情報処理能力を研究する活動です。結果として、その成果は、人工知能に寄与することになるかもしれませんが、一方で、ひとの情報処理能力、すなわち解釈・創造・発想などの能力を見極め、高める研究としても貢献するはずです。人文情報学は、大きな可能性と責務をもった研究分野であると、わたくしは考えています。

*106 新しい例として、例えば、人を殺したくないのでこれを人工知能に肩代わりさせるという発想です。

あとがき

この小冊子は、今から約1年前の２０１５年12月に企画が決まりました。突然の出来事で、執筆の準備期間はありませんでした。「苦労は買ってでもしろ」というのは昔から好きな言葉で、学生時代から裏方の仕事に精を出し、会社勤めのころには上司から「大矢くんは問題が起きると活き活きするね」とひどいいわれ方をしたことがありますが、案外、間違った指摘ではなかったと思います。ところが今回は、この言葉にひとつ条件があったことに否応なく気付かされました。若いうちは買いなさい、でした。

『人文情報学への招待』を上梓した後すぐに胎動期の基本文献の整理にとりかかりました。不足していた資料はアメリカの公共図書館を訪問してコピーをしました。それらの終わりが見えてきたのが２０１５年です。その意味ではちょうどよいタイミングであったともいえます。それでもやはり執筆の準備期間がなかったことは大変でした。とりわけ文章量のバランスを書き始める前に決めることが出来なかったことから、構成には不満を残すものとなりました。構造はあるものの、プロットは漠然としたもので、エピソードをちりばめたものになってしまいました。いつかはブラ4やガルパンのような構成力の高い作品を書いてみたいと思います。

今回の小冊子も、前作と同様、学会に参加した海外出張の機会を大いに利用して書き上げました。まとまった文章を書くには、日常とは異なる環境が本当に役立ちます。とりわけ今回も、スロベニアの沿岸都市ピラン（Piran）で再会したアドリア海の美しさに助けられました。ささやかな波の音、美味しい潮風、泣きそうなくらい美しい夕日が、集中力を切らさずに文章を書く意欲を引き出してくれました。そして国内の喫茶店にも助けられました。長時間の滞在を認めてくださるカフェ文化がこれからも続きますことを願っております。最後に、人文情報学の紙上講読という少し冒険的な企画を認めてくださりました比較文化研究所所長冨岡悦子先生に感謝を申し上げます。

【著 者 紹 介】

大矢　一志（おおや・かずし　Ohya, Kazushi）

1965年生（福島県）　鶴見大学文学部教授
1992年千葉大学文学研究科（言語学）　修士（文学）
2001年千葉大学自然科学研究科（情報システム科学）博士（学術）
かつての専門は、言語行為論（Speech Act Theory）、状況理論（Situation Theory）。
現在の専門は、マークアップ言語、言語ドキュメンテーション。

〈比較文化研究ブックレットNo.15〉

人文情報読本 ―胎動期編―

Digital Humanities Reader ―The Quickening Period―

2017年３月25日　初版発行

著　　者　大　矢　一　志
企画・編集　鶴見大学比較文化研究所
〒230-0063　横浜市鶴見区鶴見2-1-5
鶴見大学６号館
電話　045（581）1001
発　　行　神奈川新聞社
〒231-8445　横浜市中区太田町2-23
電話　045（227）0850
印　刷　所　神奈川新聞社クロスメディア営業部

定価は表紙に表示してあります。

「比較文化研究ブックレット」の刊行にあたって

比較文化は二千年以上の歴史があるが、学問として成立してからはまだ百年足らずである。近年、世界のグローバル化に伴いその重要性は増してきている。特に異文化理解と異文化交流、異文化コミュニケーションといった問題は、国内外を問わず、切実かつ緊急の課題として現前している。同時多発テロの深層にも異文化の衝突があることは誰もが認めるところであろう。

さらに比較文化研究は、あらゆる意味で「境界を超えた」ところに、その研究テーマがある。国家や民族ばかりではなく時代もジャンルも超えて、人間の営みとしての文化を研究するものである。インターネットで世界が狭まりつつある二十一世紀が、同時多発テロと報復戦争によって始まったことは歴史のパラドックスであろう。文化もテロリズムも戦争も、その境界を失いつつある現在、比較文化研究はその境界を超えた視点を持った新しい学問なのである。

鶴見大学に比較文化研究所準備委員会が設置されて十余年、研究所が設立されて三年を越えて機も熟し、本シリーズの発刊の運びとなった。比較文化論は近年ブームともいえるほど出版されているが、その多くは思いつき程度の表面的な文化比較であり、学術的検証に耐えうるものは少ない。本シリーズは学術的検証に耐えつつ、啓蒙的教養書として平易に理解しやすい形で、知の文化的発信を行おうという試みである。大学およびその付属研究所の使命は、単に閉鎖された空間における学術研究のみにその使命があるのではない。ましてや比較文化研究が閉鎖されたものであって良いわけがない。広く社会にその研究成果を公表し、寄与することこそ最大の使命であろう。勿論、研究所のメンバーはそれぞれ機関誌や学術誌に各自の研究成果を発表しているが、本シリーズでより豊かな成果を社会に問うことを期待している。

鶴見大学比較文化研究所　所長　相良英明

二〇〇二年三月

比較文化研究ブックレット近刊予定

■アメリカ女子教育の起源

鈴木周太郎

アメリカ合衆国では建国以来、女子教育の必要性が議論され、実践されてきた。本書では19世紀転換期に開設された三つの女子学校—1790年代フィラデルフィアのヤング・レディズ・アカデミー、1800年代ボストンのスザンナ・ローソンによるアカデミー、1810年代ニューヨーク州トロイの女子セミナリー—のカリキュラムや教科書、生徒たちの記録などを検討し、アメリカにおける女子教育のあり方が19世紀転換期に確立していく過程を見ていく。

■『グレート・ギャツビー』の教室（仮）

深谷素子

F・スコット・フィッツジェラルドの『グレート・ギャツビー』が、20世紀に書かれた最も重要な小説のひとつであることは論を俟たない。英語圏は元より、日本の大学においても、アメリカ文学・文化論、あるいは英語授業のテキストとして頻繁に用いられてきた作品である。そうした背景を踏まえ、本書では、『グレート・ギャツビー』を使用した教育の方法、意義、効果を論じる。特に、大学に入るまでほとんど「本」を読んだ経験のない学生たちが、約100年前に書かれた異国の小説にどのように反応するのか、彼らはこの小説から何を学ぶのかに焦点を当てたい。

比較文化研究ブックレット・既刊

No.1　詩と絵画の出会うとき

～アメリカ現代詩と絵画～　森　邦夫

ストランド、シミック、ハーシュ、３人の詩人と芸術との関係に焦点をあて、アメリカ現代詩を解説。

Ａ５判　57頁　定価630円（本体600円）

978-4-87645-312-2

No.2　植物詩の世界

～日本のこころ ドイツのこころ～　冨岡悦子

文学における植物の捉え方を日本、ドイツの詩歌から検証。民族、信仰との密接なかかわりを明らかにし、その精神性を読み解く！

Ａ５判　78頁　定価630円（本体600円）

978-4-87645-346-7

No.3　近代フランス・イタリアにおける悪の認識と愛

加川順治

ダンテの『神曲』やメリメの『カルメン』を題材に、抵抗しつつも〝悪〟に惹《ひ》かれざるを得ない人間の深層心理を描き、人間存在の意義を鋭く問う！

Ａ５判　84頁　定価630円（本体600円）

978-4-87645-359-7

No.4　夏目漱石の純愛不倫文学

相良英明

夏目漱石が不倫小説？　恋愛における三角関係をモラルの問題として真っ向から取り扱った文豪のメッセージを、海外の作品と比較しながら分かりやすく解説。

Ａ５判　80頁　定価630円（本体600円）

978-4-87645-378-8

比較文化研究ブックレット・既刊

No.5 日本語と他言語

【ことば】のしくみを探る　三宅知宏

日本語という言語の特徴を、英語や韓国語など、他の言語と対照しながら、可能な限り、具体的で、身近な例を使って解説。

Ａ５判　88頁　定価630円（本体600円）

978-4-87645-400-6

No.6 国を持たない作家の文学

ユダヤ人作家アイザックＢ・シンガー　大﨑ふみ子

「故国」とは何か？　かつての東ヨーロッパで生きたユダヤの人々を生涯描き続けたシンガー。その作品に現代社会が見失った精神的な価値観を探る。

Ａ５判　80頁　定価630円（本体600円）

978-4-87645-419-8

No.7 イッセー尾形のつくり方ワークショップ

土地の力「田舎」テーマ篇　吉村順子

演劇の素人が自身の作ったせりふでシーンを構成し、本番公演をめざしてくりひろげられるワークショップの記録。

Ａ５判　92頁　定価630円（本体600円）

978-4-87645-441-9

No.8 フランスの古典を読みなおす

安心を求めないことの豊かさ　加川順治

ボードレールや『ル・プティ・フランス』を題材にフランスの古典文学に脈々と流れる“人の悪い人間観”から生の豊かさをさぐる。

Ａ５判　136頁　定価630円（本体600円）

978-4-87645-456-3

比較文化研究ブックレット・既刊

No.9 人文情報学への招待

大矢一志

コンピュータを使った人文学へのアプローチという新しい研究分野を、わかりやすく解説した恰好の入門書。

Ａ５判　112頁　602円（税別）

978-4-87645-471-6

No.10 作家としての宮崎駿

～宮崎駿における異文化融合と多文化主義～　相良英明

「ナウシカ」から「ポニョ」に至る宮崎駿の軌跡を辿りながら、宮崎作品の異文化融合と多文化主義を読み解く。

Ａ５判　84頁　602円（税別）

978-4-87645-486-0

No.11 森田雄三演劇ワークショップの18年

―Mコミュニティにおけるキャリア形成の記録―　吉村順子

全くの素人を対象に演劇に仕上げてしまう、森田雄三の「イッセー尾形の作り方」ワークショップ18年の軌跡。

Ａ５判　96頁　602円（税別）

978-4-87645-502-7

No.12 PISAの「読解力」調査と全国学力・学習状況調査

―中学校の国語科の言語能力の育成を中心に―　岩間正則

国際的な学力調査であるPISAと、日本の中学校の国語科の全国学力・学習状況調査。この2つの調査を比較し、今後身につけるべき学力を考察する書。

Ａ５判　120頁　602円（税別）

978-4-87645-519-5

比較文化研究ブックレット・既刊

No.13 国のことばを残せるのか

ウェールズ語の復興　松山明子

イギリス南西部に位置するウェールズ。そこで話される「ウェールズ語」が辿った「衰退」と「復興」。言語を存続させるための行動を理解することで、私たちにとって言語とは何か、が見えてくる。

Ａ５判　62頁　602円（税別）

978-4-87645-538-6

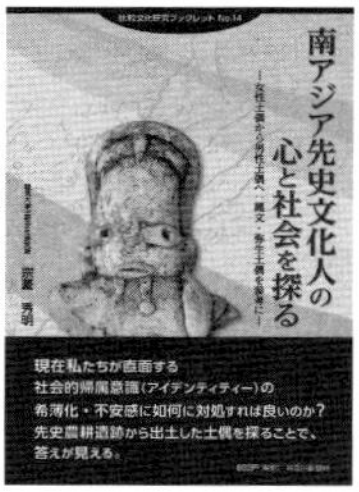

南アジア先史文化人の心と社会を探る

—女性土偶から男性土偶へ：縄文・弥生土偶を参考に—　宗臺秀明

現在私たちが直面する社会的帰属意識（アイデンティティー）の希薄化・不安感に如何に対処すれば良いのか?先史農耕遺跡から出土した土偶を探ることで、答えが見える。

A5判　60頁　602円（税別）

978-4-87645-550-8